아가멤논

Ἀγαμέμνων

이 책은 2019년도 상명대학교 교내선발과제 지원을 받아 연구되었음.

원전 그리스 비극 ③

아가멤논

Ἀγαμέμνων

정해갑 역저

역자 서문

이 작품 『아가멤논』은 우리에게 익히 알려진 오레스테스 신화를 극화한 아이스퀼로스의 '오레스테이아 삼부작' 가운데 제1부이며, 제2부 『제주를 바치는 여인들』과 제3부 『자비의 여신들』의 동인으로 삼부작 전체를 이끈다. 삼부작 전체의 스토리는 폴리스 아르고스에서 벌어진 일련의 혈육살해 사건의 발단과 전개, 그리고 결말을 다루고 있다. 클뤼타이메스트라가 저지른 국왕살해 혹은 남편살해의 범죄 행위가 보복정의를 불러들이며, 클뤼타이메스트라가 자신의 아들 오레스테스에 의해 살해되고, 모친살해를 저지른 오레스테스는 아테나이 법정에 세워진다. 이 법정의 판결 과정과 내용은 이러하다. 남편살해와 모친살해를 놓고 죄의 경중을 따지는 저울질이 시작되는데, 아가멤논을 살해한 클뤼타이메스트라에 대한 살해 행위의 범죄 여부보다는, 오히려 클뤼타이메스트라를 살해한 오레스테스의 혈육살해에 대한 공방이 압도적으로 우세해진다. 즉, 여타 살인죄보다 모친살해는 혈육살해의 전형이며 이는 중범죄로 다스려야 한다는 주장과 엄격한 의미에서 모친은 혈친이 아니므로 혈육살해의 죄가 성립되지 않는다는 주장이 맞선다. 이에 캐스팅 보트 역할을 하는 아테네 여신이 자신은 어머니 없이 아버지 제우스 신에게서 태어났다는 주장을 펼치며 오레스테스의 손을 들어주고, 가부동수로 결론이 난다. 재판진행의 약속과 원칙에 따라 가부동수가 되면 오레스테스는 풀려나게 되어있고, 복수의 여신들은 재판정의 결정을 받아들이며 자비의 여신들로 등극한다.

이같이 페미니즘의 핵심 논쟁을 잉태하며, 에우리피데스의 『메데이아』, 『박카이』 등과 함께 현대 페미니즘 문학과 철학의 원형을 제시하는 주요 작품인데도, 그 중요성이 크게 부각되지 않은 점은 번역의 열등함에서 출발한다고 볼 수 있다. 언어학적·문화적·문학적, 그리고 번역학적 세밀함이 결여되었기에 번역 작품이 그 역할을 제대로 할 수 없었다. 대부분의 기존 번역이 일어·영어·독어판 등에 의존한 중역들이기 때문에 원전의 맛을 제대로 살리지 못한 까닭이기도 하다. 이에 고전학과 영문학, 번역학을 연구한 필자의 역할이 무엇보다 중요한 시점이 되었다. 모든 학문 발전의 출발은 정확하고 번역학적 고려가 잘 된 번역 작품이 토대가 되어야 한다. 이 책의 특징은 무엇보다 이러한 번역 가치를 중심에 둔 **원전** 그리스 비극 번역이라는 점이다.

대부분의 그리스 비극이 그런 것처럼, 이 작품 역시 호메로스(Homer)와 헤시오도스(Hesiod) 등에서 시작하는 신화에 토대를 두고 있고, 극작가·시인 등 여러 작가들의 다양한 장르를 거치며 신화가 변형·발전을 거듭했다. 그 가운데 그리스 비극 3대 작가인 아이스퀼로스(Aeschylus), 소포클레스(Sophocles) 그리고 에우리피데스(Euripides)에 의해 재현된 신화가 가장 뚜렷한 발자취를 남기는데, 오레스테스 신화에 관한 한 아이스퀼로스가 단연 으뜸이다.

근·현대 벌핀치(Thomas Bulfinch) 식의 단행본 신화서는 그리스 로마 시대에는 없었다는 점이 주목할 만한데, 신화는 그 자체가 생동하는 유기체로서 변형·생성을 거듭하는 문화이며 인류의 영적 발자취이다. 따라서 고전과 헬레니즘 시대에 걸쳐, 다양한 버전의 각기 다른 스토리가 시기에 따라 작품에 따라 달리 나타난다. 교양수업에서 종종 일어나는 오류처럼, 근대 이후의 단행본 식으로 신화를 고착시켜 사유하는 것은 학문적 관점에서 지양해야 한다. 어느 작품을 근거로 삼느냐에 따라 신화의 내용이 다르다는 점을 항상 기억해주면 학문적 오류를 줄일 수 있겠다.

고전 그리스어 원전은 Loeb Library 판을 중심으로 했고, 다소 문제가 되는 구절은 옥스포드판 *Tragoediae Aeschyli*를, 영역본은 Richmond Lattimore 판을 참조했다. 원전이 운문이기 때문에 가급적 운율법(meter by meter) 원칙을 따랐고, 시적 뉘앙스를 살리려

했다. 번역 유형은 의미와 문화번역의 대원칙인 "의미번역(sensum de sensu)"을 따라 원전의 의미를 손상하지 않는 범위 내에서 현대 독자들의 문화에 부합하는 번역을 원칙으로 했다. 하지만 모든 고유명사는 원어를 따라 표기했다. 가령, "아테네" "테베"는 "아테나이" "테바이"로 했는데, 이는 용어의 통일 원칙에 준거하고 있다.

아테네(아테나)는 여신 이름이며, 아테나이는 도시 이름이기 때문이다. 참고로, 이 작품 등장인물의 이름과 관련하여, 아가멤논은 아간(very much)과 멤논(think)의 합성어로 "주관이 강한" 사람을 암시한다. 동시에 부정적으로는 "고집이 센" 사람이 될 수도 있다. 이는 작품 비평과 관련하여 그의 행위와 책임의 관점에서 운명이냐 선택이냐의 문제를 제기할 때 상기할 필요가 있다. 부인 클뤼타이메스트라의 고전 표기는 클뤼타임네스트라이다. 전자는 클뤼토스(famous)와 메스트라(cunning), 후자는 클뤼토스(famous)와 므네스트라(woo)와 합성된 경우이다. 고전 표기를 따르는 클뤼타임네스트라는 '바람난' 여자, 중세 이후의 표기 클뤼타이메스트라는 '간교한' 여자에 초점이 있다고 볼 수 있다.

그리스 비극은 시구(verse)로 이루어진 극작품이기에 읽을 때 연극을 감상하듯이 산비탈의 노천 원형극장(theatron)을 머릿속에 그리며 공연장면과 대사를 상상하고, 시를 읽듯이 입으로 소리

내어 호흡과 강약, 연결과 끊기를 적절히 조절하는 수고가 재미를 더하는 역동적 감상법이 추천된다. 이와 관련하여 그리스 비극의 한 가지 특징을 말하자면, 춤을 추고 노래하는 '배우 합창단'인 코로스(χορός)의 역할이 지대하게 컸다. 코로스와 극의 유기적 관계를 잘 이해했던 극작가 소포클레스가 에우리피데스에 비해 다수의 우승을 차지한 이유는 쉽게 설명된다. 그 규모는 대개 15명 정도였지만, 3대 비극작가 이전 초기극의 경우는 50명 정도로 구성되었다. 이들은 대개 주요 인물(πρωταγωνιστής, protagonist)의 성별에 따라 남성 혹은 여성 코로스로 통일되어 있었다. 이 경우를 제외하고는, 산비탈의 넓은 노천극장을 울리는 발성이 가능하도록 배우는 모두가 남성이었다(여장배우는 셰익스피어 시대까지도 동일하게 지속된다). 아울러 무대(skene)는 음향적 효율성에 맞도록 구조가 짜여 있었다. 배우가 쓰는 연기용 가면(prosopon)은 아주 다양해 그 자체로서 남녀노소뿐만 아니라 다양한 감정을 표현하는 페르소나(persona)의 역할을 하는 동시에 공명이 잘되는 메가폰의 기능도 하게끔 설계되었다.

그리스 비극은 정치적 의미와 종교행사가 적절히 혼합된 디오뉘시아 축제(Διονύσια)에서 경연형식으로 상연되었는데, 한 가지 유념할 점은, 그리스 비극이라는 명칭은 시대착오에 기인한 것이다. 고대 그리스는 폴리스(πόλις), 즉 도시국가들로 존재했으며 통일된 단일 국가체제가 아니었다. 후대에 마케도니아의 알렉산드로스(Ἀλέξανδρος, Alexander the Great)에 의해 여러 폴리스들이 정복당하며 그리스라는 하나의 국가로 합병된다. 따라서 그리스라는 명칭은 편의상 소급해서 칭하는 것이므로, 그리스 비극 또한 아테나이 비극(아티카 비극)으로 명칭하는 것이 합리적이다. 이는 신라·백제·고구려를 대한민국으로 칭하는 것이 시대착오인 것과 동일한 것이다. 그리스 비극이란 명칭은 후대에 편의상 칭해진 것이므로, 아티카 비극(Attic tragedy)이라 일컫는 것이 학술상으로 옳다. 그리고 폴리스 아테나이의 정치 종교행사인 이 축제에는 주변 폴리스의 대표들이 사절로 참석하여 조공 형식의 예물을 바치고, 순국선열을 위한 애국 가장행렬이 선행되었는데, 이는 아테나이의 정치적 위세를 떨치는 훌륭한 도구로 역할했다. 또한 정치 종교의 지도자인 아르콘(ἄρχων)에 의해 지명된 코레고스(χορηγός)가 극단을 관리 운영하는 점은 이 축제가 중요한 국가행사임을 명확히 보여준다.

그리스 비극은 플롯(plot)이 비교적 단순하므로, 현대 독자들에게 흥미 위주의 독서로 권유하기는 어렵다. 다양한 학문 원천으로 읽는 인문학적 가치에 초점이 맞추어져야 한다. 철학을 문학으로 옷 입혀놓은 것이 그리스 비극의 주요 특징임을 기억해야 한다. 따라서 인문학적 토대를 갖춘 독서 지도사나 교수의 독서 포인트를 좇아가는 독법이 추천된다. 작품을 통해 얻고자 하는 뚜렷한 테마를 설정한 후 긴 호흡으로 대사 하나 하나를 즐겨야 한다. 스토리나 플롯 위주의 독법에 익숙한 현대 독자들에게 대사 중심의 독법을 강요하기는 어렵다. 디지털 시대에 아날로그적 가치를 제대로 설명하는 오리엔테이션이 필요하다. 『이퀼리브리엄(equilibrium)』이라는 영화를 먼저 감상한 후 독서 포인트를 제시하는 것도 하나의 방법이다.

아울러 이 작품을 감상하는 포인트를 몇 가지 제시해 보고자 하는데, 앞서 간단히 스토리를 정리해 보자.

트로이아(Τροία, Troy) 전쟁의 영웅인 아가멤논 총사령관(아르고스의 왕)이, 출정한 지 10년여 세월이 지난 후 트로이아의 공주 카산드라를 전리품으로 대동하며 귀국한다. 이 극의 시작은 이렇게 전쟁 이후의 이야기로 펼쳐지지만, 코로스 등의 입을 통해 전해지는 전쟁의 원인과 경과는 다음과 같다. 10년여 세월을 되돌아가 보면, 스파르타의 왕이며 아가멤논의 동생인 메넬라오스가 트로이아의 왕자인 파리스를 손님으로 맞이하는 일이 있었다. 그런데 파리스가 주인-손님의 우의관계(ξενία, ksenia)를 배신하며 메넬라오스의 부인 헬레네와 눈이 맞아 도주한다. 이에 분개한 메넬라오스가 형 아가멤논의 도움을 받아 그리스 연합군을 구성하며, '한 여인 때문에' 수많은 희생을 치르게 될 트로이아를 향해 출정한다. 하지만 출정을 위해 아울리스 항에 집결한 연합군 선단은 아르테미스 여신이 불러온 역풍을 만나 출항을 하지 못한 채 힘든 시간을 보내게 된다. 이에 예언자의 조언을 따라, 총사령관 아가멤논은 진퇴양난의 위기를 타파하기 위해 자신의 딸 이피게네이아를 산제물로 바치는 고통스러운 결정을 하게 된다. 이런 어려운 출항 과정을 겪으며 함대가 트로이아에 도착하고 전쟁은 시작된다. 승부가 나지 않고 길고도 힘든 전투가 지속되며 10년의 세월이 지난 어느 날, 연합군은 트로이 목마를 이용한 속임수를 쓴다. 목마 속에 오뒤세우스와 수십 명의 군사가 잠입해 있었지만 일리온 성 안으로 무사히 들여보내진다. 그날 밤 그 도시는 함락되고 파괴되며 심지어 '신전'까지 약탈당한다. 이렇게 전쟁이 끝나지만, 아가멤논에게 닥칠 운명의 폭풍은 이제 시작이다. 왕의 부재중에 정부 아이기스토스와 바람이 난 클뤼타이메스트라는 그와 작당하여 남편을 죽일 음모를 꾸민다. 그 운명의 덫 속으로 아가멤논이 귀국하며 들어온다. 온갖 감언이설과 자줏빛 융단으로 열렬히 환영하는 척하며 목욕하는 남편을 욕조에서 쌍날 도끼로 쳐 죽인다. 그리고 잠시 후 카산드라를 불러들여 쳐 죽인다. 시신을 앞에 둔 그녀의 변은 이렇다. 딸 이피게네이아를 산제물로 바친 죄, 카산드라를 데려와 자신을 모욕한 죄로 인해 마땅히 죽어야 한다는 주장이다. 이에 정부 아이기스토스와 클뤼타이메스트라의 반역과 왕위찬탈 행위에 분노하는 원로들이 이들에 맞서 칼을 빼들고 독재정치 폭력정치 저지를 외친다.

1. 자유의지란 무엇인가? 딸의 산제사와 관련된 아가멤논의 주요 선택이 운명인가 자유의지인가? 그리고 자줏빛 융단 앞에 선 그의 마지막 모습에서 동방군주와 대비된 그의 국가 윤리는 어떠한가? 전리품으로 카산드라를 데려온 것은 어떠한가? 2. 클뤼타이메스트라는 운명을 어떻게 이해하고 있는가? 국왕 부재중 정부와 간통한 죄, 국왕 살해죄, 국가 전복죄 등을 운명의 탓으로 돌리고 있지 않나? 피내림으로 대물림하는 가문의 저주는 운명인가? 악을 행한 자가 고통을 받는다는 보복정의(δρασαντι παθειν)를 이 두 인물에게 적용하면, 삼부작의 2부와 3부는 어떻게 전개될까? 3. 오만(ὑβρις, hybris)과 인간 중심적 지식의 한계는 무엇인가? 악녀의 이미지로 투영된 클뤼타이메스트라의 마키아벨리적 카리스마는 독재정치의 출현과 어떻게 연관되나? 4. 아이기스토스와 코로스의 격론에서, 불의에 저항하지 않는 시민은 자유를 누릴 자격이 없다는 명제가 대두한다. 작가가 제시하는 민주정치와 중우정치의 차이점과 중첩점은 무엇이며, 개별인격주의와 집단전체주의 문화에 연계된 '정치적' 정의(PC Movement)와 '똑똑한'

군중(Smart Mob, but not Wise)이 내포한 현대문화의 문제는 무엇인가? 끝으로, 그 당시 노천 원형극장의 관객은 공포와 연민을 통해 무엇을 얻었을까? 인간의 본질적 고통과 깨달음은 무엇일까? 역사를 통해 배우지 않는 민족에게는 미래가 없다는 격언을 되뇌어본다. 고전이 먼 나라의 먼 옛날이야기가 아니라, 현재를 살아가는 우리, 아니 나의 삶을 투영하는 동인으로 작동하길 소망한다. 또한 고통을 통해 지혜를 배운다는 역설의 비극정신이 값비싼 유희의 대상으로 전락하는 일이 없길 소망한다. Be Glory to My Lord!

등장인물

아가멤논: 아르고스의 왕

클뤼타이메스트라: 왕비

카산드라: 트로이아의 공주, 포로로 잡혀 옴

아이기스토스: 왕비의 정부

전령

파수병

코로스: 아르고스의 원로들

차 례

아가멤논

아르고스의 아트레우스 왕궁 앞.
(궁전 지붕 꼭대기에 파수병이 보인다.)

파수병:
신들이시여, 간청하오니 이 파수병의 직무에서
속히 벗어나도록 하소서!
기나긴 세월 아트레우스 궁전 꼭대기에서,
집 지키는 개들 마냥 파수하며,
밤하늘 별들의 만남도 잘 알게 되었고, 5
인간들에게 겨울과 여름을 가져다주는
찬란하고 위대한 섭리,

Ἀγαμέμνων

Φύλαξ

θεοὺςμὲν αἰτῶτῶνδ᾽ἀπαλλαγὴν πόνων

φρουρᾶςἐτείαςμῆκος, ἣν κοιμώμενος

στέγαιςἈτρειδῶν ἄγκαθεν, κυνὸςδίκην,

ἄστρων κάτοιδα νυκτέρων ὁμήγυριν,

καὶτοὺςφέρονταςχεῖμα καὶθέροςβροτοῖς 5

λαμπροὺςδυνάστας, ἐμπρέπονταςαἰθέρι

ἀστέρας, ὅταν φθίνωσιν, ἀντολάςτε τῶν.

그리고 그에 따라 뜨고 지는
하늘의 별들을 잘 알게 됐지요.
왕비님의 명으로,
지금 이 순간에도 트로이아의 함락 소식을
전하는 그 횃불 신호를 지켜보고 있답니다. 10
그분은 신념이 확고하며
의지가 굳은 대장부 같은 여인이지요.

하지만 밤이슬에 젖은 이 침상에서는
휴식도 달콤한 꿈도 기대할 수 없군요.
깊은 잠보다는 오히려 두려움이
찾아와 잠을 청할 수 없기 때문이지요. 15
그래서 차라리 노래하고 흥얼거리며 이기려 애쓰지만,
이전의 태평성대는 사라지고
작금 이 가문에 닥친 불운이 떠올라
눈물이 앞선답니다.
하지만 오늘밤 부디 이 고역에서 해방되도록,
어둠을 비추는 기쁜 소식의 횃불이여 높이 타오르소서! 20

(멀리서 신호의 횃불이 보인다)

καὶνῦν φυλάσσω λαμπάδοςτόσύμβολον,

αὐγὴν πυρὸςφέρουσαν ἐκ Τροίαςφάτιν

ἁλώσιμόν τε βάξιν: ὧδε γὰρ κρατεῖ10

γυναικὸςἀνδρόβουλον ἐλπίζον κέαρ.

εὖτ᾽ἂν δὲνυκτίπλαγκτον ἔνδροσόν τ᾽ἔχω

εὐνὴν ὀνείροιςοὐκ ἐπισκοπουμένην

ἐμήν: φόβοςγὰρ ἀνθ᾽ὕπνου παραστατεῖ,

τὸμὴβεβαίωςβλέφαρα συμβαλεῖν ὕπνῳ: 15

ὅ1ταν δ᾽ἀείδειν ἢμινύρεσθαι δοκῶ,

ὕπνου τόδ᾽ ἀντίμολπον ἐντέμνων ἄκος,

κλαίω τότ᾽ οἴκου τοῦδε συμφορὰν στένων

οὐχ ὡς τὰ πρόσθ᾽ ἄριστα διαπονουμένου.

νῦν δ᾽ εὐτυχὴς γένοιτ᾽ ἀπαλλαγὴ πόνων 20

오, 반갑구나. 어둠을 밝히는 대낮 같은 불꽃,
이 기쁜 소식에 감사하며
아르고스의 수많은 인파들이
춤추고 노래하며 뛰쳐나오겠구나!
만세! 만세! 25
이 소식을 왕비님에게 당장 알려야지.
그러면 잠자리에서 뛰어나와
이 기쁜 소식을 궁궐이 떠나가도록 소리쳐 외치겠지.
일리온이 함락된 게 틀림없어,
이 불꽃은 분명 그것을 알리는 신호이니까. 30
우선 나부터 먼저 춤을 추어야겠어.
우리 왕에게 던져진 행운의 주사위는
내 것이나 마찬가지니까.
저 횃불은 나에게 최고의 행운을 던져준 것이지.
아, 주인님이 무사히 귀환하셔서
이 손으로 반가이 맞으며
그 손을 잡아볼 수 있으면 좋으련만! 35
나머지는 차마 말을 할 수 없지,
큰 황소가 내 혀의 재갈을 물리니.
이 집에 입이 있어, 술술 말해 줄 수 있으면 좋으련만.

εὐαγγέλου φανέντος ὀρφναίου πυρός.

ὦ χαῖρε λαμπτὴρ νυκτός, ἡμερήσιον

φάος πιφαύσκων καὶ χορῶν κατάστασιν

πολλῶν ἐν Ἄργει, τῆσδε συμφορᾶς χάριν.

ἰοὺ ἰού. 25

Ἀγαμέμνονος γυναικὶ σημαίνω τορῶς

εὐνῆς ἐπαντείλασαν ὡς τάχος δόμοις

ὀλολυγμὸν εὐφημοῦντα τῇδε λαμπάδι

ἐπορθιάζειν, εἴπερ Ἰλίου πόλις

ἑάλωκεν, ὡς ὁ φρυκτὸς ἀγγέλλων πρέπει: 30

αὐτός τ᾽ ἔγωγε φροίμιον χορεύσομαι.

τὰ δεσποτῶν γὰρ εὖ πεσόντα θήσομαι

τρὶς ἓξ βαλούσης τῆσδέ μοι φρυκτωρίας.

γένοιτο δ᾽ οὖν μολόντος εὐφιλῆ χέρα

ἄνακτος οἴκων τῇδε βαστάσαι χερί. 35

τὰ δ᾽ ἄλλα σιγῶ: βοῦς ἐπὶ γλώσσῃ μέγας

βέβηκεν: οἶκος δ᾽ αὐτός, εἰ φθογγὴν λάβοι,

나로서는, 알고 있는 사람은 알고,
모르는 사람은 모른 채
내버려두는 것이 좋을 듯하오.

(파수병 퇴장. 코로스 등장)

코로스:

벌써 십 년 세월이 지났구려. 40
프리아모스의 강적들인
아트레우스 가문의 두 아들,
메넬라오스와 아가멤논 왕이
제우스 신의 영광을 위해
일천 척의 배와 아르고스 군대를 이끌고 45
출정한지 어언 십 년.
분노에 겨워 크게 함성을 지르며
전장을 향했지.
새끼 잃은 독수리가
소리쳐 슬퍼하며, 50
그 둥지 위를 높이 날아
휘돌며 날갯짓하듯 그렇게 나아갔다오.

σαφέστατ᾽ ἂν λέξειεν: ὡς ἑκὼν ἐγὼ
μαθοῦσιν αὐδῶ κοὐ μαθοῦσι λήθομαι.

Χορός

δέκατον μὲν ἔτος τόδ᾽ ἐπεὶ Πριάμου 40
μέγας ἀντίδικος,
Μενέλαος ἄναξ ἠδ᾽ Ἀγαμέμνων,
διθρόνου Διόθεν καὶ δισκήπτρου
τιμῆς ὀχυρὸν ζεῦγος Ἀτρειδᾶν
στόλον Ἀργείων χιλιοναύτην, 45
τῆσδ᾽ ἀπὸ χώρας
ἦραν, στρατιῶτιν ἀρωγὰν,
μέγαν ἐκ θυμοῦ κλάζοντες Ἄρη
τρόπον αἰγυπιῶν, οἵτ᾽ ἐκπατίοις
ἄλγεσι παίδων ὕπατοι λεχέων 50
στροφοδινοῦνται
πτερύγων ἐρετμοῖσιν ἐρεσσόμενοι,

하늘의 주권자 가운데 한 분,
아폴론 혹은 판,
아니면 제우스 신께서 55
그의 영역에 속한
이 새들의 애처로운 외침을 들으사,
약탈자들에게 마침내 복수의 여신을 보내셨도다.
전능하신 이,
환대의 신 제우스가 60
아트레우스의 아들들을 트로이아로 보냈도다.
많은 남편을 둔 한 여인을 위해,
수많은 힘겨운 전투로 내몰았도다.
힘겨운 무릎은 땅에 끌리며,
첫 교전부터, 맞부딪힌 창검은 65
부러져 나뒹구니, 다나오스인,
트로이아인 모두 비참했도다.
만사는 신의 뜻에 따라 정해진 대로 그렇게 이루어지는 법.
번제를 드리고, 헌주를 바치고,
눈물로 호소해도 70
불경하게 산제물을 바친 그 죄과는
용서받을 수 없다오.

δεμνιοτήρη
πόνον ὀρταλίχων ὀλέσαντες:
ὕπατος δ' ἀίων ἤ τις Ἀπόλλων 55
ἢ Πὰν ἢ Ζεὺς οἰωνόθροον
γόον ὀξυβόαν τῶνδε μετοίκων
ὑστερόποινον
πέμπει παραβᾶσιν Ἐρινύν.
οὕτω δ' Ἀτρέως παῖδας ὁ κρείσσων 60
ἐπ' Ἀλεξάνδρῳ πέμπει ξένιος
Ζεὺς πολυάνορος ἀμφὶ γυναικὸς
πολλὰ παλαίσματα καὶ γυιοβαρῆ
γόνατος κονίαισιν ἐρειδομένου
διακναιομένης τ' ἐν προτελείοις 65
κάμακος θήσων Δαναοῖσι
Τρωσί θ' ὁμοίως. ἔστι δ' ὅπη νῦν
ἔστι: τελεῖται δ' ἐς τὸ πεπρωμένον:
οὔθ' ὑποκαίων οὔθ' ὑπολείβων
οὔτε δακρύων ἀπύρων ἱερῶν 70
ὀργὰς ἀτενεῖς παραθέλξει.
ἡμεῖς δ' ἀτίται σαρκὶ παλαιᾷ

나이 먹어 아무것도 할 수 없는
우리 늙은이들은 싸움에도 나가지 못하고 75
이렇게 어린아이처럼 지팡이에 의지하며
집만 지키고 있다오.
가슴을 울리는 젊은이의 혈기도 전쟁의 신이
그 속에 함께 하지 않으면
늙은이의 그것과 다를 바 없는 법이지.
이제 나이 먹어 노쇠하여 마른 잎 같고 80
세 발로 걷노라니 어린아이 같으니
모든 게 백일몽이로다.
(클뤼타이메스트라 등장)

튄다레오스의 따님이신 클뤼타이메스트라 왕비시여,
무슨 일이신지요?
새로운 소식이라도 있으신지요? 85
대체 어떤 소식과 보고를 믿고
이렇게 사람들을 시켜 제물을 준비케 하시는지요?
모든 하늘의 신과 땅의 신, 장터의 신에 이르기까지,
도시를 수호하는 모든 신들의 제단에
제물이 드려지고 있습니다. 90

τῆς τότ᾽ ἀρωγῆς ὑπολειφθέντες
μίμνομεν ἰσχὺν
ἰσόπαιδα νέμοντες ἐπὶ σκήπτροις. 75
ὅ τε γὰρ νεαρὸς μυελὸς στέρνων
ἐντὸς ἀνᾴσσων
ἰσόπρεσβυς, Ἄρης δ᾽ οὐκ ἔνι χώρᾳ,
τό θ᾽ ὑπέργηρων φυλλάδος ἤδη
κατακαρφομένης τρίποδας μὲν ὁδοὺς 80
στείχει, παιδὸς δ᾽ οὐδὲν ἀρείων
ὄναρ ἡμερόφαντον ἀλαίνει.
σὺ δέ, Τυνδάρεω
θύγατερ, βασίλεια Κλυταιμήστρα,
τί χρέος; τί νέον; τί δ᾽ ἐπαισθομένη, 85
τίνος ἀγγελίας
πειθοῖ περίπεμπτα θυοσκεῖς;
πάντων δὲ θεῶν τῶν ἀστυνόμων,
ὑπάτων, χθονίων,
τῶν τ᾽ οὐρανίων τῶν τ᾽ ἀγοραίων, 90

여기저기서 불꽃이
하늘 높이 치솟고 있으며,
궁전 창고에서 내어온 신성한 기름이,
향기롭고 순전한 믿음의 제물이 되어
불타오르고 있습니다. 95

이 모든 일들에 대해
왕비께서 친히 말씀하시어 밝히사,
저희 불안한 마음을
치유하여 주소서.
잠시 불안한 마음이 들지만, 100
다시 희망으로 빛나는 것은,
제단에 바쳐지는 제물과 환한 불꽃을 보니
내 마음을 갉아먹는 근심이 달아나구려.

먼 원정길에 나선 나의 왕들에게 보인
승리의 징조를
노래할 능력이 내게 있으니, 105
비록 노쇠하지만 아직 신으로부터 부여받은
노래의 권능은 건재하도다.

βωμοὶ δώροισι φλέγονται:

ἄλλη δ' ἄλλοθεν οὐρανομήκης

λαμπὰς ἀνίσχει,

φαρμασσομένη χρίματος ἁγνοῦ

μαλακαῖς ἀδόλοισι παρηγορίαις, 95

πελάνῳ μυχόθεν βασιλείῳ.

τούτων λέξασ' ὅ τι καὶ δυνατὸν

καὶ θέμις αἰνεῖν,

παιών τε γενοῦ τῆσδε μερίμνης,

ἣ νῦν τοτὲ μὲν κακόφρων τελέθει, 100

τοτὲ δ' ἐκ θυσιῶν ἀγανὴ φαίνουσ'

ἐλπὶς ἀμύνει φροντίδ' ἄπληστον

τῆς θυμοβόρου φρένα λύπης.

Χορός

κύριός εἰμι θροεῖν ὅδιον κράτος αἴσιον ἀνδρῶν

ἐκτελέων: ἔτι γὰρ θεόθεν καταπνεύει 105

πειθὼ μολπᾶν

ἀλκὰν σύμφυτος αἰών:

그리스 연합군의 두 사령관,
그리고 그리스 젊은이들을
지휘하는 충성된 장수들이, 110
트로이아를 향해 복수의 창을 들고
원정에 나설 때에,
함대의 왕들에게 나타난 예언의 징조가 있었다오.
새 중의 왕인 독수리들이었지요.
각각 꼬리가 흰 독수리, 검은 독수리인데, 115
그들은 지휘본부 오른편으로
훤히 내려다보이는 곳에서,
안간힘을 다해 도망치다 붙잡힌,
새끼 밴 토끼를 포식하였지요. 120

슬픔의 노래를 불러라, 슬픔의 노래를,
하지만 결국 선이 이기리라!

그때 진중의 예언자가, 아트레우스의 두 아들들이
서로의 해석이 다른 것을 보고,
그 포식자 독수리가 연합군의 두 사령관들이라며
다음과 같이 풀이해 주었다오. 125

ὅπως Ἀχαι-

ῶν δίθρονον κράτος, Ἑλλάδος ἥβας

ξύμφρονα ταγάν, 110

πέμπει σὺν δορὶ καὶ χερὶ πράκτορι

θούριος ὄρνις Τευκρίδ᾽ ἐπ᾽ αἶαν,

οἰωνῶν βασιλεὺς βασιλεῦσι νε-

ῶν ὁ κελαινός, ὅ τ᾽ ἐξόπιν ἀργᾶς, 115

φανέντες ἴ-

κταρ μελάθρων χερὸς ἐκ δοριπάλτου

παμπρέπτοις ἐν ἕδραισιν,

βοσκόμενοι λαγίναν, ἐρικύμονα φέρματι γένναν,

βλαβέντα λοισθίων δρόμων. 120

αἴλινον αἴλινον εἰπέ, τὸ δ᾽ εὖ νικάτω.

Χορός

κεδνὸς δὲ στρατόμαντις ἰδὼν δύο λήμασι δισσοὺς

Ἀτρεΐδας μαχίμους ἐδάη λαγοδαίτας

πομπούς τ᾽ ἀρχάς:

οὕτω δ᾽ εἶπε τεράζων: 125

"때가 되면 여기를 출발하는
그리스군이 프리아모스 왕이 통치하는
트로이아를 함락시킬 것이고,
운명의 여신은
그 성벽 앞에서 모든 육축을 도륙할 것이로다. 130
다만, 신의 진노를 사는 일이 없으면 좋겠소.
트로이아를 굴복시키는
막강한 그리스 군대가 진군하는
승리의 길목에 암운을 던지는 일이 없으면 좋겠소!
연민의 신 아르테미스가 분노했기 때문이오. 135
그녀의 아버지 제우스가 보낸 그 독수리가,
날개 달린 사냥개마냥,
새끼 밴 그 불쌍한 토끼를 포식했기 때문이지요.
그녀가 혐오하는 것이 바로 그 독수리들의 잔치라오.
슬픔의 노래를 불러라, 슬픔의 노래를,
하지만 결국 선이 이기리라!

오, 자비의 여신이여, 사나운 사자들의 어린 새끼들, 140
들판을 떠도는 모든 들짐승의 젖먹이들을
사랑하시는 아르테미스여,

'χρόνῳ μὲν ἀγρεῖ
Πριάμου πόλιν ἅδε κέλευθος,
πάντα δὲ πύργων
κτήνη πρόσθε τὰ δημιοπληθῆ
Μοῖρ' ἀλαπάξει πρὸς τὸ βίαιον: 130
οἷον μή τις ἄγα θεόθεν κνεφά-
σῃ προτυπὲν στόμιον μέγα Τροίας
στρατωθέν.οἴκτῳ γὰρ ἐπί-
φθονος Ἄρτεμις ἁγνὰ 135
πτανοῖσιν κυσὶ πατρὸς
αὐτότοκον πρὸ λόχου μογερὰν πτάκα θυομένοισιν
στυγεῖ δὲ δεῖπνον αἰετῶν.'
αἴλινον αἴλινον εἰπέ, τὸ δ' εὖ νικάτω.

Χορός

'τόσον περ εὔφρων, καλά,
δρόσοισι λεπτοῖς μαλερῶν λεόντων
πάντων τ' ἀγρονόμων φιλομάστοις
θηρῶν ὀβρικάλοισι τερπνά,

길조이며 흉조인 이 이중의 전조는
예정대로 이루어지게 하소서. 140
치유의 신 아폴론이여,
아르테미스 여신이 진노하여
그리스 함대를 역풍을 일으켜
항구에 묶어두지 말게 하소서.
그리하여 천륜을 저버린 산제물을
드리는 일이 없게 하시고, 150
부인이 남편을 배반하는
가정불화의 씨앗이 되지 않게 하소서.
자식의 원수를 갚고자 하는
끔찍하고 삭일 수 없는 분노가
그 집을 뒤덮을 것이로다." 155

이것이 바로 지난날 원정을 떠날 때,
독수리를 통해 이 왕가에 내린 길흉의 전조를
예언자 칼카스가 풀이한 내용입니다.
마지막 후렴은 역시 다음과 같았지요.
슬픔의 노래를 불러라, 슬픔의 노래를,
하지만 결국 선이 이기리라!

τούτων αἴνει ξύμβολα κρᾶναι,

δεξιὰ μέν, κατάμομφα δὲ φάσματα στρουθῶν. 145

ἰήιον δὲ καλέω Παιᾶνα,

μή τινας ἀντιπνόους Δανα-

οῖς χρονίας ἐχενῇδας ἀ-

πλοίας τεύξῃ, 150

σπευδομένα θυσίαν ἑτέραν ἄνομόν τιν', ἄδαιτον

νεικέων τέκτονα σύμφυτον,

οὐ δεισήνορα. μίμνει γὰρ φοβερὰ παλίνορτος

οἰκονόμος δολία μνάμων μῆνις τεκνόποινος.' 155

τοιάδε Κάλχας ξὺν μεγάλοις ἀγαθοῖς ἀπέκλαγξεν

μόρσιμ' ἀπ' ὀρνίθων ὁδίων οἴκοις βασιλείοις:

τοῖς δ' ὁμόφωνον

αἴλινον αἴλινον εἰπέ, τὸ δ' εὖ νικάτω. 155

제우스, 그분이 누구든 간에,
이 이름으로 불러,
기뻐 받아주신다면 그렇게 부르리라.

내 아무리 재어 봐도
제우스 신께 견줄 이 없도다.
진실로 가슴속 헛된 짐을 165
덜어줄 이는 그분밖에 없도다.

한때 모든 싸움에서 승리하여
뽐내던 힘센 장수도
영원히 그 이름을 날리지 못하는 법. 170
그를 꺾은 자 역시
그 다음 나타난 자에 의해
역사의 뒤안길로
사라져 가는도다.

하지만 승리자 제우스 신을
즐거이 송축하는 자가
진실로 지혜로운 자로다. 175

Χορός

Ζεύς, ὅστις ποτ᾽ ἐστίν, εἰ τόδ᾽ αὐ- 160

τῷ φίλον κεκλημένῳ,

τοῦτό νιν προσεννέπω.

οὐκ ἔχω προσεικάσαι

πάντ᾽ ἐπισταθμώμενος

πλὴν Διός, εἰ τὸ μάταν ἀπὸ φροντίδος ἄχθος 165

χρὴ βαλεῖν ἐτητύμως.

Χορός

οὐδ᾽ ὅστις πάροιθεν ἦν μέγας,

παμμάχῳ θράσει βρύων,

οὐδὲ λέξεται πρὶν ὤν: 170

ὃς δ᾽ ἔπειτ᾽ ἔφυ, τρια-

κτῆρος οἴχεται τυχών.

Ζῆνα δέ τις προφρόνως ἐπινίκια κλάζων

τεύξεται φρενῶν τὸ πᾶν: 175

필멸의 존재인 인간을
지혜로 인도하시는 제우스 신,
그분께서
고통을 통해 지혜를 얻는다는
불변의 법칙을 주셨다오.
고통스런 기억을 일깨우는 번민이
꿈속까지 파고드니,
인간이 원하지 않을지라도 지혜는 커가는 법. 180
오, 이는 저 경외로운 보좌의 신들이
내게 주신 은혜 같소이다.

그러한 때,
그리스 함대의
사령관 아가멤논은 185
예언자의 말을 받아들여 운명의 역풍에 순종하였나니.
이는 칼키스항 맞은편,
풍랑이 거센 아울리스항에 정박해 있던
그리스 군대가
역풍과 군수품 부족으로 190
심히 고통 받는 중이었기 때문이라.

Χορός

τὸν φρονεῖν βροτοὺς ὁδώ-

σαντα, τὸν πάθει μάθος

θέντα κυρίως ἔχειν.

στάζει δ᾽ ἔν θ᾽ ὕπνῳ πρὸ καρδίας

μνησιπήμων πόνος: καὶ παρ᾽ ἄ- 180

κοντας ἦλθε σωφρονεῖν.

δαιμόνων δέ που χάρις βίαιος

σέλμα σεμνὸν ἡμένων.

Χορός

καὶ τόθ᾽ ἡγεμὼν ὁ πρέ-

σβυς νεῶν Ἀχαιικῶν, 185

μάντιν οὔτινα ψέγων,

ἐμπαίοις τύχαισι συμπνέων,

εὖτ᾽ ἀπλοίᾳ κεναγγεῖ βαρύ-

νοντ᾽ Ἀχαιικὸς λεώς,

Χαλκίδος πέραν ἔχων παλιρρόχ- 190

θοις ἐν Αὐλίδος τόποις:

스트뤼몬에서 불어오는 강풍으로
항구에 정박한 채, 하릴없이 빈둥대며,
굶주림에 사기는 꺾이고,
배와 닻줄은 점차 손상되어가고,
출항은 거듭하여 지연되니, 195
그리스 군대는 시들기 시작했도다.

이에 그 예언자가
이 모든 것은 아르테미스 때문이라 밝히며
방책을 내어놓았다오.
그런데 그것은 그 폭풍보다 200
더 잔인한 것이라,
아트레우스의 두 아들은
왕홀로 땅을 치며
눈물을 금치 못했다오.

마침내 손위인 아가멤논이 입을 열어 말했다오. 205
"순종치 않는 운명은 괴로운 것이요,
하지만 집안의 보물인 자식을 바치는 것도
괴로운 운명이오,

Χορός

πνοαὶ δ᾽ ἀπὸ Στρυμόνος μολοῦσαι

κακόσχολοι νήστιδες δύσορμοι,

βροτῶν ἄλαι, ναῶν τε καὶ

πεισμάτων ἀφειδεῖς, 195

παλιμμήκη χρόνον τιθεῖσαι

τρίβῳ κατέξαινον ἄν-

θος Ἀργείων: ἐπεὶ δὲ καὶ πικροῦ

χείματος ἄλλο μῆχαρ

βριθύτερον πρόμοισιν 200

μάντις ἔκλαγξεν προφέρων

Ἄρτεμιν, ὥστε χθόνα βάκ-

τροις ἐπικρούσαντας Ἀτρεί-

δας δάκρυ μὴ κατασχεῖν:

Χορός

ἄναξ δ᾽ ὁ πρέσβυς τότ᾽ εἶπε φωνῶν: 205

'βαρεῖα μὲν κὴρ τὸ μὴ πιθέσθαι,

βαρεῖα δ᾽, εἰ τέκνον δαΐ-

ξω, δόμων ἄγαλμα,

제단에서 자식을 죽여
아비의 손을 처녀의 피로 물들이다니, 210
이 둘 중 어느 것인들 불운이 아니겠소?
허나 내 어찌 동맹을 깨고
함대를 떠날 수 있겠소?
역풍을 잠재우기 위해
처녀의 피라도 바치는 것이 215
모두의 강한 열망이고 이는 또한 옳소이다.
만사가 잘 되기를 바랄 따름이오."

그가 운명의 멍에를 매니,
마음이 불경하고 부정하며 악하게 돌변하여, 220
이때부터 생각이 변해
무슨 짓이든 저지르게 되었도다.
악행을 도모하고, 만악의 뿌리가 되는
파멸의 여신 아떼가 인간을 무모하게 만드는구려!
이제 그의 마음을 굳혀
그의 딸을 제물로 바치기로 작정했으니, 225
이는 한 여인의 원수를 갚는 전쟁에서
함대의 출항을 위한 제물이 되니라.

μιαίνων παρθενοσφάγοισιν

ῥείθροις πατρῴους χέρας 210

πέλας βωμοῦ: τί τῶνδ' ἄνευ κακῶν,

πῶς λιπόναυς γένωμαι

ξυμμαχίας ἁμαρτών;

παυσανέμου γὰρ θυσίας

παρθενίου θ' αἵματος ὀρ- 215

γᾷ περιόργως ἐπιθυ-

μεῖν θέμις. εὖ γὰρ εἴη.'

Χορός

ἐπεὶ δ' ἀνάγκας ἔδυ λέπαδνον

φρενὸς πνέων δυσσεβῆ τροπαίαν

ἄναγνον ἀνίερον, τόθεν 220

τὸ παντότολμον φρονεῖν μετέγνω.

βροτοὺς θρασύνει γὰρ αἰσχρόμητις

τάλαινα παρακοπὰ πρωτοπήμων. ἔτλα δ' οὖν

θυτὴρ γενέσθαι θυγατρός, 225

γυναικοποίνων πολέμων ἀρωγὰν

καὶ προτέλεια ναῶν.

'아버지'라고 외치는 절규와 탄원,
그리고 처녀의 생명에 대해
호전적 사령관들은 아랑곳하지 않았도다. 230

기도 후,
그녀의 아버지는 부하들에게 명령했고,
그들은 어린 염소처럼 쓰러져 있는
그녀를 붙잡아 세워
제단 높은 곳에 놓았다오. 235
그녀의 입에서 가문을 저주하는 말이
못나오게 재갈을 물린 채로 말이오.

강한 재갈이 물려 말은 못했지만,
그녀가 샛노란 겉옷을 벗어 바닥에 떨어뜨리며,
그 집행자들을 향한 그녀의 눈은 240
무언의 동정을 구하고 있었다오.

그녀는 아버지가
베푸는 연회자리에서 손님들을 위해
종종 노래를 불렀는데, 245

Χορός

λιτὰς δὲ καὶ κληδόνας πατρῴους

παρ᾽ οὐδὲν αἰῶ τε παρθένειον

ἔθεντο φιλόμαχοι βραβῆς. 230

φράσεν δ᾽ ἀόζοις πατὴρ μετ᾽ εὐχὰν

δίκαν χιμαίρας ὕπερθε βωμοῦ

πέπλοισι περιπετῆ παντὶ θυμῷ προνωπῆ

λαβεῖν ἀέρδην, στόματός 235

τε καλλιπρῴρου φυλακᾷ κατασχεῖν

φθόγγον ἀραῖον οἴκοις,

Χορός

βίᾳ χαλινῶν τ᾽ ἀναύδῳ μένει.

κρόκου βαφὰς δ᾽ ἐς πέδον χέουσα

ἔβαλλ᾽ ἕκαστον θυτήρ- 240

ων ἀπ᾽ ὄμματος βέλει

φιλοίκτῳ, πρέπουσά θ᾽ ὡς ἐν γραφαῖς, προσεννέπειν

θέλουσ᾽, ἐπεὶ πολλάκις

πατρὸς κατ᾽ ἀνδρῶνας εὐτραπέζους

ἔμελψεν, ἁγνᾷ δ᾽ ἀταύρωτος αὐδᾷ πατρὸς 245

그녀의 청순한 목소리는
아버지의 연회를 더욱 빛나게 했지요.

그 다음 일은 내가 보지 못해 말할 수 없구려.
칼카스의 예언은 이루어지게 되는 법.
정의의 여신은 반드시 고통의 대가로 지혜를 주시나니, 250
미래의 일은 때가 차면 알게 되는 법,
그때까지 그냥 지켜보는 것이지요.
미리 슬퍼하는 것은 이치에 맞지 않나니,
아침 햇살과 함께 모든 게 밝혀지리라.

(클뤼타이메스트라 등장)

앞으로 좋은 일만 일어나기 바라오, 255
우리 왕에 버금가는 유일한 분,
아르고스 땅을 지키는 성채 같은 왕비님도
그렇게 바라실 것이오.

왕비님, 권능에 순종하며 이렇게 나아왔습니다.
왕께서 자리를 비우고 계실 때,

φίλου τριτόσπονδον εὔ-

ποτμον παιῶνα φίλως ἐτίμα—

Χορός

τὰ δ᾽ ἔνθεν οὔτ᾽ εἶδον οὔτ᾽ ἐννέπω:

τέχναι δὲ Κάλχαντος οὐκ ἄκραντοι.

Δίκα δὲ τοῖς μὲν παθοῦσ- 250

ιν μαθεῖν ἐπιρρέπει:

τὸ μέλλον δ᾽, ἐπεὶ γένοιτ᾽, ἂν κλύοις:

πρὸ χαιρέτω: ἴσον δὲ τῷ προστένειν.

τορὸν γὰρ ἥξει σύνορθρον αὐγαῖς.

πέλοιτο δ᾽ οὖν τἀπὶ τούτοισιν εὖ πρᾶξις, ὡς 255

θέλει τόδ᾽ ἄγχιστον Ἀ-

πίας γαίας μονόφρουρον ἕρκος.

Χορός

ἥκω σεβίζων σόν, Κλυταιμήστρα, κράτος:

δίκη γάρ ἐστι φωτὸς ἀρχηγοῦ τίειν

배우자이신 왕비님께 경의를 표하는 것이
마땅한 줄 압니다. 260
그런데 왕비님이 기쁜 소식이라도 들으신 것인지,
아니면 좋은 소식을 기대하며
제물을 올리는 것인지 알고 싶구려.
하지만 말씀 안 하셔도 괜찮습니다.

클뤼타이메스트라:
속담에, 기쁜 소식을 전하는 아침은
그녀의 어머니 밤에게서 태어난다고 했지요. 265
당신의 기대 이상으로 기쁜 소식이오.
우리 아르고스인들이 프리아모스의 도시
트로이아를 함락시켰소이다.

코로스:
뭐라 하셨소? 잘못 들었는지, 믿기지 않군요.

클뤼타이메스트라:
트로이아가 우리 연합군 수중에 들어왔어요,
아시겠어요?

γυναῖκ᾽ ἐρημωθέντος ἄρσενος θρόνου. 260

σὺ δ᾽ εἴ τι κεδνὸν εἴτε μὴ πεπυσμένη

εὐαγγέλοισιν ἐλπίσιν θυηπολεῖς,

κλύοιμ᾽ ἂν εὔφρων: οὐδὲ σιγώσῃ φθόνος.

Κλυταιμήστρα

εὐάγγελος μέν, ὥσπερ ἡ παροιμία,

ἕως γένοιτο μητρὸς εὐφρόνης πάρα. 265

πεύσῃ δὲ χάρμα μεῖζον ἐλπίδος κλύειν:

Πριάμου γὰρ ᾑρήκασιν Ἀργεῖοι πόλιν.

Χορός

πῶς φῄς; πέφευγε τοὔπος ἐξ ἀπιστίας.

Κλυταιμήστρα

Τροίαν Ἀχαιῶν οὖσαν: ἦ τορῶς λέγω;

코로스:

너무 기뻐 눈물이 나려고 합니다. 270

클뤼타이메스트라:

그렇겠지요, 그대의 눈이 충성된 마음의 창이지요.

코로스:

그런데 그 소식은 믿을 만한 건가요? 어떤 증거라도?

클뤼타이메스트라:

물론이죠, 신이 나를 속이지 않는다면 말예요.

코로스:

꿈같은 환상을 믿으시는 것은 아니겠지요?

클뤼타이메스트라:

꿈같은 환상을 믿지는 않아요. 275

코로스:

그럼 어떤 소문을 듣고 들뜨신 것은 아닌지요?

Χορός

χαρά μ᾽ ὑφέρπει δάκρυον ἐκκαλουμένη. 270

Κλυταιμήστρα

εὖ γὰρ φρονοῦντος ὄμμα σοῦ κατηγορεῖ.

Χορός

τί γὰρ τὸ πιστόν; ἔστι τῶνδέ σοι τέκμαρ;

Κλυταιμήστρα

ἔστιν: τί δ᾽ οὐχί; μὴ δολώσαντος θεοῦ.

Χορός

πότερα δ᾽ ὀνείρων φάσματ᾽ εὐπιθῆ σέβεις;

Κλυταιμήστρα

οὐ δόξαν ἂν λάβοιμι βριζούσης φρενός. 275

Χορός

ἀλλ᾽ ἦ σ᾽ ἐπίανέν τις ἄπτερος φάτις;

클뤼타이메스트라:

내 판단력이 어린애 같은 줄 아세요?

코로스:

그럼 언제 트로이아가 함락되었지요?

클뤼타이메스트라:

지난 밤 사이, 아침이 오기 전이죠.

코로스:

어떤 전령이 그렇게 빨리 소식을 전했죠? 280

클뤼타이메스트라:

헤파이스토스 신이죠,

트로이아의 이다 산에서

환한 불꽃을 보냈지요.

그 신호는 봉화를 따라 이곳까지 전해졌죠.

렘노스 섬의 헤르메스 산으로 신호를 보내고,

그 다음 제우스 신의 제단이 있는 아토스 산으로, 285

그 다음 바다를 가로질러

Κλυταιμήστρα

παιδὸς νέας ὣς κάρτ᾽ ἐμωμήσω φρένας.

Χορός

ποίου χρόνου δὲ καὶ πεπόρθηται πόλις;

Κλυταιμήστρα

τῆς νῦν τεκούσης φῶς τόδ᾽ εὐφρόνης λέγω.

Χορός

καὶ τίς τόδ᾽ ἐξίκοιτ᾽ ἂν ἀγγέλων τάχος; 280

Κλυταιμήστρα

Ἥφαιστος Ἴδης λαμπρὸν ἐκπέμπων σέλας.

φρυκτὸς δὲ φρυκτὸν δεῦρ᾽ ἀπ᾽ ἀγγάρου πυρὸς

ἔπεμπεν: Ἴδη μὲν πρὸς Ἑρμαῖον λέπας

Λήμνου: μέγαν δὲ πανὸν ἐκ νήσου τρίτον

Ἀθῷον αἶπος Ζηνὸς ἐξεδέξατο, 285

ὑπερτελής τε, πόντον ὥστε νωτίσαι,

높이 그리고 강렬하게 타오르는 소나무 불꽃이
마키스토스 봉수대로 전해졌지요.

깨어 있던 그곳의
성실한 파수꾼은 290
즉시 자신의 임무를 다했고,
그 불꽃은 에우리포스 해협을 지나
메사피온의 파수꾼들에게 도달했고,
그들은 잘 마른 건초더미에 불을 질러 295
그 소식을 재빨리 전달했지요.
그 불꽃은 더 힘차게 타올라
환한 달처럼 아소포스 벌판을 가로질러
키타이론 산봉우리에 이르러,
그곳에서 또 다른 신호의 불을 올리게 하였죠.
그곳 파수꾼은 멀리 날아온 그 신호를
바로 이어 받아서 300
지시한 것보다 더 큰 불꽃을 피워 올렸지요.
이 빛이 고르고피스 습지를 지나
아이기플랑크토스 산정에 이르러서,
지체 없이 또 다른 봉화를 올리도록 재촉했다오.

ἰσχὺς πορευτοῦ λαμπάδος πρὸς ἡδονὴν

*

†πεύκη τὸ χρυσοφεγγές, ὥς τις ἥλιος,
σέλας παραγγείλασα Μακίστου σκοπαῖς:
ὁ δ᾽ οὔτι μέλλων οὐδ᾽ ἀφρασμόνως ὕπνῳ 290
νικώμενος παρῆκεν ἀγγέλου μέρος:
ἑκὰς δὲ φρυκτοῦ φῶς ἐπ᾽ Εὐρίπου ῥοὰς
Μεσσαπίου φύλαξι σημαίνει μολόν.
οἱ δ᾽ ἀντέλαμψαν καὶ παρήγγειλαν πρόσω
γραίας ἐρείκης θωμὸν ἅψαντες πυρί. 295
σθένουσα λαμπὰς δ᾽ οὐδέπω μαυρουμένη,
ὑπερθοροῦσα πεδίον Ἀσωποῦ, δίκην
φαιδρᾶς σελήνης, πρὸς Κιθαιρῶνος λέπας
ἤγειρεν ἄλλην ἐκδοχὴν πομποῦ πυρός.
φάος δὲ τηλέπομπον οὐκ ἠναίνετο 300
φρουρὰ πλέον καίουσα τῶν εἰρημένων:
λίμνην δ᾽ ὑπὲρ Γοργῶπιν ἔσκηψεν φάος:
ὄρος τ᾽ ἐπ᾽ Αἰγίπλαγκτον ἐξικνούμενον
ὤτρυνε θεσμὸν μὴ χρονίζεσθαι πυρός.

그러자 그곳 파수꾼들은 힘차게 큰 불꽃을
피워 올려 신속히 신호를 보내자, 305
활활 타오르는 불꽃은 사로니코스 만을 지나
우리 도시의 근처, 마지막 봉수대인
아라크나이온 산정에 도달했고,
최초에 이다 산에서 출발한 그 불꽃은 310
쉼 없이 이곳 아트레우스 궁전 꼭대기에 전해졌죠.
내가 그렇게 봉화 관리를 지시해 놓았죠,
처음부터 마지막 순서까지 이어지도록 말이오.
첫 주자부터 마지막 주자까지 모두 승리자들이죠.
이것이 여러분에게 제시할 수 있는 증거이며 315
트로이아에서 보낸 남편의 소식입니다.

코로스:
왕비님, 신께 감사기도를 곧 올리겠습니다만,
그 자초지종 이야기에 감탄하며
다시 한 번 듣고 싶습니다.

클뤼타이메스트라:
오늘 그리스 연합군이 트로이아를 함락시켰소.

πέμπουσι δ᾽ ἀνδαίοντες ἀφθόνῳ μένει 305

φλογὸς μέγαν πώγωνα, καὶ Σαρωνικοῦ

πορθμοῦ κάτοπτον πρῶν᾽ ὑπερβάλλειν πρόσω

φλέγουσαν: ἔστ᾽ ἔσκηψεν εὖτ᾽ ἀφίκετο

Ἀραχναῖον αἶπος, ἀστυγείτονας σκοπάς:

κἄπειτ᾽ Ἀτρειδῶν ἐς τόδε σκήπτει στέγος 310

φάος τόδ᾽ οὐκ ἄπαππον Ἰδαίου πυρός.

τοιοίδε τοί μοι λαμπαδηφόρων νόμοι,

ἄλλος παρ᾽ ἄλλου διαδοχαῖς πληρούμενοι:

νικᾷ δ᾽ ὁ πρῶτος καὶ τελευταῖος δραμών.

τέκμαρ τοιοῦτον σύμβολόν τέ σοι λέγω 315

ἀνδρὸς παραγγείλαντος ἐκ Τροίας ἐμοί.

Χορός

θεοῖς μὲν αὖθις, ὦ γύναι, προσεύξομαι.

λόγους δ᾽ ἀκοῦσαι τούσδε κἀποθαυμάσαι

διηνεκῶς θέλοιμ᾽ ἂν ὡς λέγοις πάλιν.

Κλυταιμήστρα

Τροίαν Ἀχαιοὶ τῇδ᾽ ἔχουσ᾽ ἐν ἡμέρᾳ.

그 도시 안에는
서로 어울릴 수 없는 목소리들로 시끄러울 것이오.
식초와 기름을 한 그릇에 섞으면
서로 어울리지 못하는 것처럼,
정복자와 피정복자의 목소리는
그들의 상반된 운명만큼이나 다를 것이오. 325
한편은, 그들의 남편과 형제들의 시신 위에 엎어져서,
아이들은 아버지의 시신 위에서,
더 이상 자유롭지 못한 입술로
그들의 죽음을 슬퍼할 것이오.
다른 편은, 간밤의 고된 전투 후에 330
주린 배를 채우며
온 도시를 휘젓고 다니지,
무질서하게 그저 닥치는 대로.
지금은 정복된 자들의 집에 숙소를 정하고,
이슬과 서리에서 해방되어, 보초도 없이 335
행복해하며 잠을 청하고 있을 것이오.

그런데 만약 정복자가 정복한 땅의 신전과
그 도시의 신들을 경외한다면,

οἶμαι βοὴν ἄμεικτον ἐν πόλει πρέπειν.
ὄξος τ᾽ ἄλειφά τ᾽ ἐγχέας ταὐτῷ κύτει
διχοστατοῦντ᾽ ἄν, οὐ φίλω, προσεννέποις.
καὶ τῶν ἁλόντων καὶ κρατησάντων δίχα
φθογγὰς ἀκούειν ἔστι συμφορᾶς διπλῆς. 325
οἱ μὲν γὰρ ἀμφὶ σώμασιν πεπτωκότες
ἀνδρῶν κασιγνήτων τε καὶ φυταλμίων
παῖδες γερόντων οὐκέτ᾽ ἐξ ἐλευθέρου
δέρης ἀποιμώζουσι φιλτάτων μόρον:
τοὺς δ᾽ αὖτε νυκτίπλαγκτος ἐκ μάχης πόνος 330
νήστεις πρὸς ἀρίστοισιν ὧν ἔχει πόλις
τάσσει, πρὸς οὐδὲν ἐν μέρει τεκμήριον,
ἀλλ᾽ ὡς ἕκαστος ἔσπασεν τύχης πάλον.
ἐν δ᾽ αἰχμαλώτοις Τρωικοῖς οἰκήμασιν
ναίουσιν ἤδη, τῶν ὑπαιθρίων πάγων 335
δρόσων τ᾽ ἀπαλλαγέντες, ὡς δ᾽ εὐδαίμονες
ἀφύλακτον εὑδήσουσι πᾶσαν εὐφρόνην.
εἰ δ᾽ εὖ σέβουσι τοὺς πολισσούχους θεοὺς
τοὺς τῆς ἁλούσης γῆς θεῶν θ᾽ ἱδρύματα,

다시 빼앗겨 도로 정복당하지 않으련만! 340
부디 탐욕에 사로잡히고, 광기에 휩싸여
신성한 물건을 범하는 일이 없어야 할 텐데.
그들이 안전하게 귀국하려면
갈 때만큼의 긴 여정이 또 남아 있기 때문이지요.
하지만 신들의 노여움을 사지 않고, 345
새로운 역경이 발발하지 않고,
무사히 귀국한다 할지라도,
죽은 자들의 원한은 여전히 살아있지요.
이것이 여자인 내가 해줄 수 있는 말이오.
부디 선이 승리하는 것을 모두가 볼 수 있기를 바라오.
내가 축복할 수 있는 최상의 것이 바로 이것입니다. 350

<u>코로스</u>:

왕비님, 지혜로운 남자같이 조리 있게 말씀을 잘 하시군요.
이제 확실한 증거를 들었으니,
신들께 감사기도 올릴 준비를 해야겠소.
우리의 수고에 큰 대가로 응답하시는 신들께 말이오.

(클뤼타이메스트라 퇴장)

οὔ τἂν ἑλόντες αὖθις ἀνθαλοῖεν ἄν. 340

ἔρως δὲ μή τις πρότερον ἐμπίπτῃ στρατῷ

πορθεῖν ἃ μὴ χρή, κέρδεσιν νικωμένους.

δεῖ γὰρ πρὸς οἴκους νοστίμου σωτηρίας

κάμψαι διαύλου θάτερον κῶλον πάλιν:

θεοῖς δ᾽ ἀναμπλάκητος εἰ μόλοι στρατός, 345

ἐγρηγορὸς τὸ πῆμα τῶν ὀλωλότων

γένοιτ᾽ ἄν, εἰ πρόσπαια μὴ τύχοι κακά.

τοιαῦτά τοι γυναικὸς ἐξ ἐμοῦ κλύεις:

τὸ δ᾽ εὖ κρατοίη μὴ διχορρόπως ἰδεῖν.

πολλῶν γὰρ ἐσθλῶν τήνδ᾽ ὄνησιν εἱλόμην. 350

Χορός

γύναι, κατ᾽ ἄνδρα σώφρον᾽ εὐφρόνως λέγεις.

ἐγὼ δ᾽ ἀκούσας πιστά σου τεκμήρια

θεοὺς προσειπεῖν εὖ παρασκευάζομαι.

χάρις γὰρ οὐκ ἄτιμος εἴργασται πόνων.

오, 위대하신 제우스 신이시여, 355
그리고 자비하신 밤의 여신이여,
우리에게 큰 영광을 내려주시고,
트로이아 성벽을 그물로 덮어 치시어,
노소 불문하고 모두
그 예속의 그물에 걸리게 하셨나이다. 360

이 일을 허락하신 위대하신 환대의 신,
제우스 님께 경의를 표합니다.
그분은 트로이아를 향해 활시위를 당기시되,
화살이 과녁을 빗나가거나 헛되이
별을 너머 날아가지 않게 하셨나이다.

제우스의 일격이라고 그들은 칭송할 것이니,
그분의 손이 거기에 임했음이라.
그분이 뜻하신 대로 반드시 이루어지는 법.

은혜의 섭리를 깨닫지 못하고
무시하며 짓밟는 자를, 370
신들은 그냥 내버려둔다고 말하는 사람이 있는데,

Χορός

ὦ Ζεῦ βασιλεῦ καὶ νὺξ φιλία 355

μεγάλων κόσμων κτεάτειρα,

ἥτ᾽ ἐπὶ Τροίας πύργοις ἔβαλες

στεγανὸν δίκτυον, ὡς μήτε μέγαν

μήτ᾽ οὖν νεαρῶν τιν᾽ ὑπερτελέσαι

μέγα δουλείας 360

γάγγαμον, ἄτης παναλώτου.

Δία τοι ξένιον μέγαν αἰδοῦμαι

τὸν τάδε πράξαντ᾽ ἐπ᾽ Ἀλεξάνδρῳ

τείνοντα πάλαι τόξον, ὅπως ἂν

μήτε πρὸ καιροῦ μήθ᾽ ὑπὲρ ἄστρων 365

βέλος ἠλίθιον σκήψειεν.

Χορός

Διὸς πλαγὰν ἔχουσιν εἰπεῖν,

πάρεστιν τοῦτό γ᾽ ἐξιχνεῦσαι.

ὡς ἔπραξεν ὡς ἔκρανεν. οὐκ ἔφα τις

θεοὺς βροτῶν ἀξιοῦσθαι μέλειν 370

ὅσοις ἀθίκτων χάρις

이는 불경한 자로다.
무모한 악행은 심판을 받으리니,
이제 모든 게 드러나리라. 375

도를 지나쳐 곳간을 채우며
오만을 부리는 자는
파멸을 면치 못하리로다.
가난에 처하지 아니 할 정도의
부를 누리는 자가 지혜롭도다. 380
흥청거리며 낭비하고
정의를 짓밟는 자에게는
그의 재산이
피난처가 되지 못하는 법이라오.

무자비한 파멸의 신 아떼의 자식인 페이토가 385
인간을 유혹하면 백약이 무효하도다.

죄악은 감춰지지 않고
음침한 불꽃을 내뿜는도다.
시금석으로 문질러 쇠가 본 모습을 드러내듯, 390

πατοῖθ᾽: ὁ δ᾽ οὐκ εὐσεβής.
πέφανται δ᾽ ἐκτίνουσ᾽
ἀτολμήτων ἀρὴ 375
πνεόντων μεῖζον ἢ δικαίως,
φλεόντων δωμάτων ὑπέρφευ
ὑπὲρ τὸ βέλτιστον. ἔστω δ᾽ ἀπή-
μαντον, ὥστ᾽ ἀπαρκεῖν
εὖ πραπίδων λαχόντα. 380
οὐ γὰρ ἔστιν ἔπαλξις
πλούτου πρὸς κόρον ἀνδρὶ
λακτίσαντι μέγαν Δίκας
βωμὸν εἰς ἀφάνειαν.

Χορός

βιᾶται δ᾽ ἁ τάλαινα πειθώ, 385
προβούλου παῖς ἄφερτος ἄτας.
ἄκος δὲ πᾶν μάταιον. οὐκ ἐκρύφθη,
πρέπει δέ, φῶς αἰνολαμπές, σίνος:
κακοῦ δὲ χαλκοῦ τρόπον 390

그와 같이 악인도
그의 검은 속을 드러내도다.

여인을 탐하는 한 젊은 사내가 있어,
자기 백성들에게 변명의 여지가 없는
오명을 안겼다네. 395
어떤 신도 그의 기도에
귀를 기울이지 않았지.
그런 불의한 짓을 저지른 자에게는
파멸이 임하도다.
파리스가 바로 그 자이니, 400
아트레우스의 아들
메넬라오스의 궁전에서
환대를 받았지만,
환대하는 자의 부인을
빼앗아 달아나며 배반했도다.

그녀는 동족에게는 창과 방패 소리, 405
무장 함대를 불러 일으켰고,
트로이아인들에게는 파멸의 지참금을 안겨주며,

τρίβῳ τε καὶ προσβολαῖς

μελαμπαγὴς πέλει

δικαιωθείς, ἐπεὶ

διώκει παῖς ποτανὸν ὄρνιν,

πόλει πρόστριμμ᾽ ἄφερτον ἐνθείς. 395

λιτᾶν δ᾽ ἀκούει μὲν οὔτις θεῶν:

τὸν δ᾽ ἐπίστροφον τῶν

φῶτ᾽ ἄδικον καθαιρεῖ.

οἷος καὶ Πάρις ἐλθὼν

ἐς δόμον τὸν Ἀτρειδᾶν 400

ᾔσχυνε ξενίαν τράπε-

ζαν κλοπαῖσι γυναικός.

Χορός

λιποῦσα δ᾽ ἀστοῖσιν ἀσπίστοράς

τε καὶ κλόνους λογχίμους

ναυβάτας θ᾽ ὁπλισμούς, 405

ἄγουσά τ᾽ ἀντίφερνον Ἰλίῳ φθορὰν

βέβακεν ῥίμφα διὰ

발걸음 가벼이 궁궐을 빠져나갔나니,
차마 해서는 안 될 짓이로다.
이에 궁궐의 예언자들 큰소리로 외치며 슬퍼했도다.
아, 슬프고 슬프도다, 아트레우스 가문과 왕들이여. 410
아, 슬프도다, 침상이여, 그녀가 깃든 흔적이여.

그 남편은 슬픔의 고통 속에 침묵하며,
치욕스럽지만 저주도 할 수 없도다.
바다 건너 멀리 떠나 가버린 그녀를 그리매,
그 집을 채우는 것은 415
온통 그녀의 환영뿐이어라.
조각상의 아름다운 자태도
그에게는 고통만 줄 뿐이고,
그것의 공허한 눈 속에서는
아프로디테의 사랑을 찾을 수 없다네.

슬픈 환상들이 꿈속에 나타나 420
공허한 기쁨만 줄 뿐이니,
상상 속에서 잠시 즐거워하면
즉시 그의 품을 떠나버리니,

πυλᾶν ἄτλητα τλᾶσα: πολλὰ δ᾽ ἔστενον

τόδ᾽ ἐννέποντες δόμων προφῆται:

'ἰὼ ἰὼ δῶμα δῶμα καὶ πρόμοι, 410

ἰὼ λέχος καὶ στίβοι φιλάνορες.

πάρεστι σιγὰς ἀτίμους ἀλοιδόρους

ἄλγιστ᾽ ἀφημένων ἰδεῖν.

πόθῳ δ᾽ ὑπερποντίας

φάσμα δόξει δόμων ἀνάσσειν. 415

εὐμόρφων δὲ κολοσσῶν

ἔχθεται χάρις ἀνδρί:

ὀμμάτων δ᾽ ἐν ἀχηνίαις

ἔρρει πᾶσ᾽ Ἀφροδίτα.'

Χορός

'ὀνειρόφαντοι δὲ πενθήμονες 420

πάρεισι δόξαι φέρου-

σαι χάριν ματαίαν.

μάταν γάρ, εὖτ᾽ ἂν ἐσθλά τις δοκῶν ὁρᾷ,

παραλλάξασα διὰ

날갯짓하며 꿈길을 따라 425
공허하게 사라져 버린다네.

이 집안에 깃든 슬픔은 이러하지만,
이보다 더 큰 슬픔이 있다오.
그리스 땅을 떠나
싸움터로 나간 사람들의 집집마다
견딜 수 없는 슬픔이 임하니, 430
가슴을 찢는 아픔이 기다리도다.
그들을 배웅했던
가족의 품으로 돌아오는 건
살아있는 사람이 아닌 유골단지뿐이라오. 435

전쟁의 신 아레스는
사람의 몸과 황금을 맞바꾸나니.
창이 부딪히는 전투에서 저울질을 하도다.
그 가족들에게는 트로이아에서 돌아온 440
화장한 유골만을 돌려주고,
사람 대신 돌려보내진
유골단지를 놓고,

χερῶν βέβακεν ὄψις οὐ μεθύστερον 425

πτεροῖς ὀπαδοῦσ' ὕπνου κελεύθοις.'

τὰ μὲν κατ' οἴκους ἐφ' ἑστίας ἄχη

τάδ' ἐστὶ καὶ τῶνδ' ὑπερβατώτερα.

τὸ πᾶν δ' ἀφ' Ἕλλανος αἴας συνορμένοις

πένθει' ἀτλησικάρδιος 430

δόμων ἑκάστου πρέπει.

πολλὰ γοῦν θιγγάνει πρὸς ἧπαρ:

οὓς μὲν γάρ τις ἔπεμψεν

οἶδεν, ἀντὶ δὲ φωτῶν

τεύχη καὶ σποδὸς εἰς ἑκά- 435

στου δόμους ἀφικνεῖται.

Χορός

ὁ χρυσαμοιβὸς δ' Ἄρης σωμάτων

καὶ ταλαντοῦχος ἐν μάχῃ δορὸς

πυρωθὲν ἐξ Ἰλίου 440

φίλοισι πέμπει βαρὺ

ψῆγμα δυσδάκρυτον ἀν-

τήνορος σποδοῦ γεμί-

그들은 눈물을 펑펑 쏟게 되도다.
그리고는 이렇게 찬양하며 애도한다네, 445
그는 정말 잘 싸웠노라!
피비린내 나는 전투에서 장렬히 전사했도다!

하지만, 남의 아내를 위해서!
라고 어떤 이들은 중얼거릴 것이오.
그리고 승리자가 된 아트레우스의 아들들에게 450
원한이 향하게 될 것이오.
그리고 어떤 이들은 먼 타국 땅,
트로이아 성벽 옆에,
영광스런 모습으로 묻히었으니,
적지가 정복자의 땅이 되었구려. 455

분노에 찬 시민들의 원성은 무서운 것,
반드시 실현될 운명의 저주가 될 것이로다.
어둠 속에 감춰진 것이 드러날까
두려운 마음에 심히 불안하구려. 460
지나친 피를 초래한 자를
신들은 결코 용납하지 않는 법.

ζων λέβητας εὐθέτους.

στένουσι δ᾽ εὖ λέγοντες ἄν- 445

δρα τὸν μὲν ὡς μάχης ἴδρις,

τὸν δ᾽ ἐν φοναῖς καλῶς πεσόντ᾽—

ἀλλοτρίας διαὶ γυναι-

κός: τάδε σῖγά τις βαΰ-

ζει, φθονερὸν δ᾽ ὑπ᾽ ἄλγος ἕρ- 450

πει προδίκοις Ἀτρείδαις.

οἱ δ᾽ αὐτοῦ περὶ τεῖχος

θήκας Ἰλιάδος γᾶς

εὔμορφοι κατέχουσιν: ἐχ-

θρὰ δ᾽ ἔχοντας ἔκρυψεν. 455

Χορός

βαρεῖα δ᾽ ἀστῶν φάτις ξὺν κότῳ:

δημοκράντου δ᾽ ἀρᾶς τίνει χρέος.

μένει δ᾽ ἀκοῦσαί τί μου

μέριμνα νυκτηρεφές. 460

τῶν πολυκτόνων γὰρ οὐκ

ἄσκοποι θεοί. κελαι-

결국에는 복수의 여신들이
불의한 자의 번영을 파멸시키니,
그의 운명이 역전되어 몰락하리라. 465
종말을 고하는 어둠이 그를 둘러싸니
악인은 더 이상 구원의 길이 없도다.

도를 지나친 오만은 위험한 법.
제우스 신께서
그 꼭대기에 벼락을 내리도다. 470
나는 신의 질투를 사지 않는 적당한 번영을 바라니,
도시를 약탈하는 자가 되기도 싫고,
약탈당하는 자가 되어
남의 종살이 하는 것도 보고 싶지 않소.

좋은 소식의 횃불이 전해져 475
온 도시에 그것이 재빨리 퍼져 나가오.
그런데 그것이 사실인지,
아니면 신들의 속임수인지 누가 알겠소?
갑작스레 횃불의 소식을 전해 듣고
마음이 타올랐다가 사실이 아니면 절망에 빠지는 480

ναὶ δ᾽ Ἐρινύες χρόνῳ
τυχηρὸν ὄντ᾽ ἄνευ δίκας
παλιντυχεῖ τριβᾷ βίου 465
τιθεῖσ᾽ ἀμαυρόν, ἐν δ᾽ ἀί-
στοις τελέθοντος οὔτις ἀλ-
κά: τὸ δ᾽ ὑπερκόπως κλύειν
εὖ βαρύ: βάλλεται γὰρ ὄσ-
σοις Διόθεν κάρανα. 470
κρίνω δ᾽ ἄφθονον ὄλβον:
μήτ᾽ εἴην πτολιπόρθης
μήτ᾽ οὖν αὐτὸς ἁλοὺς ὑπ᾽ ἄλ-
λων βίον κατίδοιμι.

Χορός

πυρὸς δ᾽ ὑπ᾽ εὐαγγέλου 475
πόλιν διήκει θοὰ
βάξις: εἰ δ᾽ ἐτήτυμος,
τίς οἶδεν, ἤ τι θεῖόν ἐστί πῃ ψύθος.—
τίς ὧδε παιδνὸς ἢ φρενῶν κεκομμένος,
φλογὸς παραγγέλμασιν 480

그런 유치하고 몰지각한 자가 누구요?
사실이 밝혀지기도 전에
기쁜 소식이라 생각하고 들뜨는 것은
여자들에게나 어울리는 것이지.
여자의 마음은 너무 쉽게 믿어 485
소문이 잽싸게 멀리 퍼져나가지만,
이내 쉬이 사라져 버린다네.
우리는 이 봉화의 신호불꽃이 사실인지,
혹은 꿈처럼 490
반가운 불꽃이 우리를 속인 것인지
곧 알게 될 것입니다.

저기 바닷가에서
올리브 화관을 쓴 전령이 오고 있구려.
저 내닫는 흙먼지를 보아 알 수 있듯이, 495
목소리도 없이 불을 피워 신호를 알리는 봉화가 아니라,
분명한 목소리로 더 많은 소식을 전해줄 것이오.

그 반대되는 소식은 듣고 싶지 않소이다.
앞서 불꽃으로 보았던 좋은 소식에

νέοις πυρωθέντα καρδίαν ἔπειτ᾽

ἀλλαγᾷ λόγου καμεῖν;—

ἐν γυναικὸς αἰχμᾷ πρέπει

πρὸ τοῦ φανέντος χάριν ξυναινέσαι.—

πιθανὸς ἄγαν ὁ θῆλυς ὅρος ἐπινέμεται 485

ταχύπορος: ἀλλὰ ταχύμορον

γυναικογήρυτον ὄλλυται κλέος.—

Χορός

τάχ᾽ εἰσόμεσθα λαμπάδων φαεσφόρων

φρυκτωριῶν τε καὶ πυρὸς παραλλαγάς, 490

εἴτ᾽ οὖν ἀληθεῖς εἴτ᾽ ὀνειράτων δίκην

τερπνὸν τόδ᾽ ἐλθὸν φῶς ἐφήλωσεν φρένας.

κήρυκ᾽ ἀπ᾽ ἀκτῆς τόνδ᾽ ὁρῶ κατάσκιον

κλάδοις ἐλαίας: μαρτυρεῖ δέ μοι κάσις

πηλοῦ ξύνουρος διψία κόνις τάδε, 495

ὡς οὔτ᾽ ἄναυδος οὔτε σοι δαίων φλόγα

ὕλης ὀρείας σημανεῖ καπνῷ πυρός,

ἀλλ᾽ ἢ τὸ χαίρειν μᾶλλον ἐκβάξει λέγων—

τὸν ἀντίον δὲ τοῖσδ᾽ ἀποστέργω λόγον:

직접 더 좋은 소식이 더해지길 바라오. 500
이 도시를 향해 다른 의도로 기도하는 자가 있다면,
그 악한 의도에 합당한 악한 열매를 거두리라.

(전령 등장)

전령:

오, 반갑도다! 내 조상의 땅, 아르고스여!
십 년 만에 오늘 이곳에 돌아왔구나.
많은 희망이 사라졌지만, 505
그래도 한 가지는 이루었구나.
이 아르고스 땅에서 여생을 보내고 묻힐 것이라
꿈도 꾸지 못했건만.
이 땅에 영광 있으리, 저 태양빛에 영광 있으리,
위대하신 제우스 신께 영광, 아폴론 신께도 영광.
아폴론 신이시여 더 이상 우리에게
화살을 쏘아대지 마소서. 510
트로이아의 스카만드로스 강가에서
우리에게 퍼부은 적개심으로 충분하나이다.
이제는 우리의 보호자요 치유자가 되어 주소서.

εὖ γὰρ πρὸς εὖ φανεῖσι προσθήκη πέλοι.— 500
ὅστις τάδ᾽ ἄλλως τῇδ᾽ ἐπεύχεται πόλει,
αὐτὸς φρενῶν καρποῖτο τὴν ἁμαρτίαν.

Κῆρυξ

ἰὼ πατρῷον οὖδας Ἀργείας χθονός,
δεκάτου σε φέγγει τῷδ᾽ ἀφικόμην ἔτους,
πολλῶν ῥαγεισῶν ἐλπίδων μιᾶς τυχών. 505
οὐ γάρ ποτ᾽ ηὔχουν τῇδ᾽ ἐν Ἀργείᾳ χθονὶ
θανὼν μεθέξειν φιλτάτου τάφου μέρος.
νῦν χαῖρε μὲν χθών, χαῖρε δ᾽ ἡλίου φάος,
ὕπατός τε χώρας Ζεύς, ὁ Πύθιός τ᾽ ἄναξ,
τόξοις ἰάπτων μηκέτ᾽ εἰς ἡμᾶς βέλη: 510
ἅλις παρὰ Σκάμανδρον ἦσθ᾽ ἀνάρσιος:
νῦν δ᾽ αὖτε σωτὴρ ἴσθι καὶ παιώνιος,
ἄναξ Ἄπολλον. τούς τ᾽ ἀγωνίους θεοὺς

그리고 다른 모든 신들에게도 영광 돌리나이다.
특히 나의 수호자, 전령의 신 헤르메스께
영광 돌립니다. 515
그리고 우리를 전장으로 내보냈던
영광스런 조상신이시여,
창끝에서 살아남은 이들을 자비로 지켜 주소서.
오, 왕궁이여, 사랑스런 집, 그리고 왕좌여,
태양을 마주하고 선 신상들이여, 지난날에 그랬듯이 520
지금도 즐거운 눈빛으로 왕을 맞아주소서.
우리의 왕 아가멤논께서 그대와
여기 모두를 위해 어두움에 빛을 가져왔으니,
그를 환대함이 마땅하나이다.
왕께서는 정의의 신 제우스의 곡괭이로 525
트로이아를 파헤쳐 완전히 파멸시켰나이다.
제단과 신전들이 파괴되고,
그 땅의 씨앗들이 모조리 황폐해졌나니,
트로이아의 목에 그런 멍에를 씌워놓고,
우리의 왕, 아트레우스의 큰아들이 돌아오셨답니다. 530
그는 행운을 타고난 분이요,
모든 이들의 존경을 받기에 충분하답니다.

πάντας προσαυδῶ, τόν τ᾿ ἐμὸν τιμάορον
Ἑρμῆν, φίλον κήρυκα, κηρύκων σέβας, 515
ἥρως τε τοὺς πέμψαντας, εὐμενεῖς πάλιν
στρατὸν δέχεσθαι τὸν λελειμμένον δορός.
ἰὼ μέλαθρα βασιλέων, φίλαι στέγαι,
σεμνοί τε θᾶκοι, δαίμονές τ᾿ ἀντήλιοι,
εἴ που πάλαι, φαιδροῖσι τοισίδ᾿ ὄμμασι 520
δέξασθε κόσμῳ βασιλέα πολλῷ χρόνῳ.
ἥκει γὰρ ὑμῖν φῶς ἐν εὐφρόνῃ φέρων
καὶ τοῖσδ᾿ ἅπασι κοινὸν Ἀγαμέμνων ἄναξ.
ἀλλ᾿ εὖ νιν ἀσπάσασθε, καὶ γὰρ οὖν πρέπει
Τροίαν κατασκάψαντα τοῦ δικηφόρου 525
Διὸς μακέλλῃ, τῇ κατείργασται πέδον.
βωμοὶ δ᾿ ἄιστοι καὶ θεῶν ἱδρύματα,
καὶ σπέρμα πάσης ἐξαπόλλυται χθονός.
τοιόνδε Τροίᾳ περιβαλὼν ζευκτήριον
ἄναξ Ἀτρείδης πρέσβυς εὐδαίμων ἀνὴρ 530
ἥκει, τίεσθαι δ᾿ ἀξιώτατος βροτῶν
τῶν νῦν: Πάρις γὰρ οὔτε συντελὴς πόλις

파리스와 그 도시에 죗값을 톡톡히 치르게 했으니,
강도와 절도죄를 선고받은 파리스가
절도품을 도로 빼겼을 뿐만 아니라, 535
그 조상의 집과 땅이
모조리 파멸되었으며,
프리아모스의 아들들은
이같이 이중으로 죗값을 치렀답니다.

코로스:
그리스 군대의 전령이여, 그대에게 기쁨이 함께 하리라!

전령:
정말 기쁩니다, 신의 뜻이라면
지금 당장 죽어도 여한이 없겠습니다.

코로스:
그토록 애타게 모국을 그리워했단 말이오? 540

전령:
그렇습니다, 기뻐서 눈물이 날 정도로.

ἐξεύχεται τὸ δρᾶμα τοῦ πάθους πλέον.
ὀφλὼν γὰρ ἁρπαγῆς τε καὶ κλοπῆς δίκην
τοῦ ῥυσίου θ' ἥμαρτε καὶ πανώλεθρον 535
αὐτόχθονον πατρῷον ἔθρισεν δόμον.
διπλᾶ δ' ἔτεισαν Πριαμίδαι θἀμάρτια.

Χορός

κῆρυξ Ἀχαιῶν χαῖρε τῶν ἀπὸ στρατοῦ.

Κῆρυξ

χαίρω γε: τεθνάναι δ' οὐκέτ' ἀντερῶ θεοῖς.

Χορός

ἔρως πατρῴας τῆσδε γῆς σ' ἐγύμνασεν; 540

Κῆρυξ

ὥστ' ἐνδακρύειν γ' ὄμμασιν χαρᾶς ὕπο.

코로스:

그렇다면 그대는 행복한 병을 앓았구려.

전령:

어째서 그렇지요, 한 수 가르쳐 주십시오.

코로스:

그대가 그리워했듯이.

우리도 간절히 그리워했다오.

전령:

군인이 모국을 그리는 만큼

모국도 그들을 그리워했다는 말인가요? 545

코로스:

정말 그리워, 무거운 마음에 한숨짓기도 했다오.

전령:

무엇 때문에 그리도 마음이 힘들었단 말이오?

Χορός

τερπνῆς ἄρ᾽ ἦτε τῆσδ᾽ ἐπήβολοι νόσου.

Κῆρυξ

πῶς δή; διδαχθεὶς τοῦδε δεσπόσω λόγου.

Χορός

τῶν ἀντερώντων ἱμέρῳ πεπληγμένοι.

Κῆρυξ

ποθεῖν ποθοῦντα τήνδε γῆν στρατὸν λέγεις; 545

Χορός

ὡς πόλλ᾽ ἀμαυρᾶς ἐκ φρενός μ᾽ ἀναστένειν

Κῆρυξ

πόθεν τὸ δύσφρον τοῦτ᾽ ἐπῆν θυμῷ στύγος;

코로스:

오래 전부터 침묵이 약이라고 생각했다오.

전령:

어째서요? 왕도 안 계신데 누가 두려웠단 말이오?

코로스:

그대 말처럼, 두려움 때문에, 차라리 죽고 싶었소. 550

전령:

그런데 결국 모든 게 잘 되었지 않소.

긴 세월 동안 어떤 일은 잘 된 것도 있고,

어떤 일은 잘못된 일도 있겠지요.

하지만 신이 아닌 이상,

항상 좋은 일만 있을 수 없겠지요.

고된 일과 힘든 야영 생활, 555

배의 비좁은 공간과 불편한 잠자리,

돌이켜 보면, 탄식과 체념뿐이었지요.

배에서 내려서는 더 고생이었다오.

적의 성벽 근처에서 누워 잤는데,

Χορός

πάλαι τὸ σιγᾶν φάρμακον βλάβης ἔχω.

Κῆρυξ

καὶ πῶς; ἀπόντων κοιράνων ἔτρεις τινάς;

Χορός

ὡς νῦν, τὸ σὸν δή, καὶ θανεῖν πολλὴ χάρις. 550

Κῆρυξ

εὖ γὰρ πέπρακται. ταῦτα δ᾽ ἐν πολλῷ χρόνῳ
τὰ μέν τις ἂν λέξειεν εὐπετῶς ἔχειν,
τὰ δ᾽ αὖτε κἀπίμομφα. τίς δὲ πλὴν θεῶν
ἅπαντ᾽ ἀπήμων τὸν δι᾽ αἰῶνος χρόνον;
μόχθους γὰρ εἰ λέγοιμι καὶ δυσαυλίας, 555
σπαρνὰς παρήξεις καὶ κακοστρώτους, τί δ᾽ οὐ
στένοντες, †οὐ λαχόντες† ἤματος μέρος;
τὰ δ᾽ αὖτε χέρσῳ καὶ προσῆν πλέον στύγος:
εὐναὶ γὰρ ἦσαν δηΐων πρὸς τείχεσιν:

하늘의 이슬비, 풀의 이슬을 맞아
옷은 누더기 같고, 머리는 이가 바글거렸지요. 560
추운 겨울로 말하자면, 극한의 상황이었지요.
이다 산의 눈보라는 새도 얼어 죽게 만든답니다.
더위 또한 그랬죠.
한낮 바다가 잠들 때는 565
바람 한 점 없이 물결도 고요했지요.

그런데, 왜 우리가 이것들을 슬퍼해야 하지요?
우리의 수고는 다 지나갔고,
전사한 자들 역시 모든 게 다 지나갔으니,
다시는 기억하고 싶지도 않을 겁니다.
그런데, 왜 우리가 전사자들의 숫자를 헤아리며 570
과거의 불행에 고통스러워해야 합니까?
제 생각에는 이제 그것과 긴작별을 해야 합니다.
살아남은 우리에게 이득은 손실에 비할 바 없이 크지요.
우리가 육지와 바다 위를 힘차게 내달렸기에, 575
마땅히 이 밝은 날 자랑스레 외칠 수 있지요.
"아르고스 군대는 마침내 트로이아를 함락시켰고,
헬라인들의 신들에게 영광을 돌리며

ἐξ οὐρανοῦ δὲ κἀπὸ γῆς λειμώνιαι 560

δρόσοι κατεψάκαζον, ἔμπεδον σίνος

ἐσθημάτων, τιθέντες ἔνθηρον τρίχα.

χειμῶνα δ' εἰ λέγοι τις οἰωνοκτόνον,

οἷον παρεῖχ' ἄφερτον Ἰδαία χιών,

ἢ θάλπος, εὖτε πόντος ἐν μεσημβριναῖς 565

κοίταις ἀκύμων νηνέμοις εὕδοι πεσών

τί ταῦτα πενθεῖν δεῖ; παροίχεται πόνος:

παροίχεται δέ, τοῖσι μὲν τεθνηκόσιν

τὸ μήποτ' αὖθις μηδ' ἀναστῆναι μέλειν.

τί τοὺς ἀναλωθέντας ἐν ψήφῳ λέγειν, 570

τὸν ζῶντα δ' ἀλγεῖν χρὴ τύχης παλιγκότου;

καὶ πολλὰ χαίρειν ξυμφορὰς καταξιῶ.

ἡμῖν δὲ τοῖς λοιποῖσιν Ἀργείων στρατοῦ

νικᾷ τὸ κέρδος, πῆμα δ' οὐκ ἀντιρρέπει:

ὡς κομπάσαι τῷδ' εἰκὸς ἡλίου φάει 575

ὑπὲρ θαλάσσης καὶ χθονὸς ποτωμένοις:

'Τροίαν ἑλόντες δή ποτ' Ἀργείων στόλος

θεοῖς λάφυρα ταῦτα τοῖς καθ' Ἑλλάδα

이 전리품을 바치나이다."
이 이야기를 전해 듣는 이마다
이 도시와 지도자를 찬양할 것입니다. 580
그리고 이를 성취하게 하신 제우스 신의 은총에
감사를 드려야 할 것입니다.
자, 제가 할 말은 다한 것 같습니다.

코로스:
그대의 말을 듣고 보니 내가 잘못 생각한 것 같구려.
노인도 바르게 배울 정도의 젊음은 가지고 있다오.
이 소식은 왕가와 왕비께서 가장 기뻐하시겠지만, 585
나에게도 마찬가지로 좋은 소식이라오.

(클뤼타이메스트라 등장)

클뤼타이메스트라:
앞서 밤에 첫 파수병이 와,
트로이아가 함락되었다고 알려줬을 때
나는 기뻐 승리의 환성을 올렸지요.
그때 어떤 이들은 나를 비난하며 말했죠, 590

δόμοις ἐπασσάλευσαν ἀρχαῖον γάνος.'

τοιαῦτα χρὴ κλύοντας εὐλογεῖν πόλιν 580

καὶ τοὺς στρατηγούς: καὶ χάρις τιμήσεται

Διὸς τόδ' ἐκπράξασα.πάντ' ἔχεις λόγον.

Χορός

νικώμενος λόγοισιν οὐκ ἀναίνομαι:

ἀεὶ γὰρ ἥβη τοῖς γέρουσιν εὖ μαθεῖν.

δόμοις δὲ ταῦτα καὶ Κλυταιμήστρᾳ μέλειν 585

εἰκὸς μάλιστα, σὺν δὲ πλουτίζειν ἐμέ.

Κλυταιμήστρα

ἀνωλόλυξα μὲν πάλαι χαρᾶς ὕπο,

ὅτ' ἦλθ' ὁ πρῶτος νύχιος ἄγγελος πυρός,

φράζων ἅλωσιν Ἰλίου τ' ἀνάστασιν.

καί τίς μ' ἐνίπτων εἶπε, 'φρυκτωρῶν δία 590

"어떻게 불꽃 신호를 믿고
트로이아가 함락되었다고 생각하지죠?
쉽게 들뜨는 게 여자들이라오."
그렇게 제 정신이 아닌 사람으로 조롱당했지요.
그렇지만 나는 제물을 올리도록 했고,
도시 전체가, 여자들이 하듯이, 환성을 올리며 595
신전마다 향불을 피워 올리게 했지요.

이야기 전체는 왕으로부터 직접 듣게 될 테니,
더 자세한 이야기는 지금 그대가 말할 필요는 없소.
나는 존경스런 남편을 환영할 600
준비를 서둘러야겠소.
신의 가호로 전쟁에서 무사히 귀가하는
남편을 위해 문을 열어 맞이하는 것이
여인네에게는 가장 큰 기쁨이 아니겠소?
남편에게 이렇게 전해주시오.
어서 돌아오세요, 온 나라가 그리 바란다오. 605
그의 부인도 그가 떠나갈 때처럼 정절을 지키며,
그에게는 충직하고, 그의 적은 적으로 여기며,
집 지키는 개처럼 기다리고 있다오.

πεισθεῖσα Τροίαν νῦν πεπορθῆσθαι δοκεῖς;
ἦ κάρτα πρὸς γυναικὸς αἴρεσθαι κέαρ.'
λόγοις τοιούτοις πλαγκτὸς οὖσ' ἐφαινόμην.
ὅμως δ' ἔθυον, καὶ γυναικείῳ νόμῳ
ὀλολυγμὸν ἄλλος ἄλλοθεν κατὰ πτόλιν 595
ἔλασκον εὐφημοῦντες ἐν θεῶν ἕδραις
θυηφάγον κοιμῶντες εὐώδη φλόγα.
καὶ νῦν τὰ μάσσω μὲν τί δεῖ σέ μοι λέγειν;
ἄνακτος αὐτοῦ πάντα πεύσομαι λόγον.
ὅπως δ' ἄριστα τὸν ἐμὸν αἰδοῖον πόσιν 600
σπεύσω πάλιν μολόντα δέξασθαι:—τί γὰρ
γυναικὶ τούτου φέγγος ἥδιον δρακεῖν,
ἀπὸ στρατείας ἀνδρὶ σώσαντος θεοῦ
πύλας ἀνοῖξαι;—ταῦτ' ἀπάγγειλον πόσει:
ἥκειν ὅπως τάχιστ' ἐράσμιον πόλει: 605
γυναῖκα πιστὴν δ' ἐν δόμοις εὕροι μολὼν
οἵαν περ οὖν ἔλειπε, δωμάτων κύνα
ἐσθλὴν ἐκείνῳ, πολεμίαν τοῖς δύσφροσιν,

나머지 모든 것도 변치 않고 그대로,
오랜 세월 동안 봉인된 그대로입니다. 610
다른 남자와 놀아나거나
추문 같은 것은
전혀 없답니다.

(클뤼타이메스트라 퇴장)

전령:
진실을 말하는 이 같은 자랑은
큰 소리로 말해도
귀부인의 품위를 떨어뜨리지 않습니다.

코로스:
그녀의 그럴싸한 말은 615
제대로 된 통역사가 없이는 이해하기 어려울 거요.

자, 이 땅의 존귀한 통치자
메넬라오스는 어찌 되었소?
무사히 함께 귀국하셨는지요?

καὶ τἄλλ᾽ ὁμοίαν πάντα, σημαντήριον

οὐδὲν διαφθείρασαν ἐν μήκει χρόνου. 610

οὐδ᾽ οἶδα τέρψιν οὐδ᾽ ἐπίψογον φάτιν

ἄλλου πρὸς ἀνδρὸς μᾶλλον ἢ χαλκοῦ βαφάς.

Κῆρυξ

τοιόσδ᾽ ὁ κόμπος τῆς ἀληθείας γέμων οὐκ αἰσχρὸς ὡς γυναικὶ γενναίᾳ λακεῖν.

Χορός

αὕτη μὲν οὕτως εἶπε μανθάνοντί σοι

τοροῖσιν ἑρμηνεῦσιν εὐπρεπῶς λόγον.

σὺ δ᾽ εἰπέ, κῆρυξ, Μενέλεων δὲ πεύθομαι. εἰ νόστιμός τε καὶ σεσωσμέ νος πάλιν

ἥκει σὺν ὑμῖν, τῆσδε γῆς φίλον κράτος.

전령:

그럴싸한 엉터리 소식을 전해서, 620

내 사랑하는 이들이

오랫동안 기뻐하게 만들 수는 없습니다.

코로스:

진실하고도 좋은 소식을 말해주면 좋지만,

그 둘이 갈라질 때도 숨기지는 마오.

전령:

그분은 그리스 군대에서 사라졌습니다.

배와 함께. 이건 거짓말이 아닙니다. 625

코로스:

그분께서 먼저 출발하셨소?

아니면 함께 항해 중에 폭풍이 그를 채어갔소?

전령:

뛰어난 궁수처럼 과녁을 맞히시며,

고난의 긴 애기를 간략히 정리하시는군요.

Κῆρυξ

οὐκ ἔσθ᾽ ὅπως λέξαιμι τὰ ψευδῆ καλὰ 620

ἐς τὸν πολὺν φίλοισι καρποῦσθαι χρόνον.

Χορός

πῶς δῆτ᾽ ἂν εἰπὼν κεδνὰ τἀληθῆ τύχοις;

σχισθέντα δ᾽ οὐκ εὔκρυπτα γίγνεται τάδε.

Κῆρυξ

ἀνὴρ ἄφαντος ἐξ Ἀχαιικοῦ στρατοῦ,

αὐτός τε καὶ τὸ πλοῖον. οὐ ψευδῆ λέγω. 625

Χορός

πότερον ἀναχθεὶς ἐμφανῶς ἐξ Ἰλίου,

ἢ χεῖμα, κοινὸν ἄχθος, ἥρπασε στρατοῦ;

Κῆρυξ

ἔκυρσας ὥστε τοξότης ἄκρος σκοποῦ:

μακρὸν δὲ πῆμα συντόμως ἐφημίσω.

코로스:

다른 항해자들은 그분이 살아계신다고 말하는가요,

아니면 돌아가셨다고 하는가요?

전령:

생명을 기르시는 태양신 말고는,

아무도 확실한 것은 모릅니다.

코로스:

그럼 신들의 진노가 일으킨 그 폭풍이

어떻게 함대를 덮치고 지나갔는지 말해주겠소? 635

전령:

경사스런 날, 불행한 얘기로 얼룩지게 해서는 안 되지요.

신을 경배하니 분별이 있어야 하는 법.

어떤 사자가 침통한 표정으로

패배한 군대의 무서운 재앙을 전하며

시민들 모두에게 상처를 주고, 640

전쟁에 나간 많은 군인들이

전쟁 신 아레스의 가혹한 채찍질에

Χορός

πότερα γὰρ αὐτοῦ ζῶντος ἢ τεθνηκότος

φάτις πρὸς ἄλλων ναυτίλων ἐκλῄζετο;

Κῆρυξ

οὐκ οἶδεν οὐδεὶς ὥστ᾽ ἀπαγγεῖλαι τορῶς,

πλὴν τοῦ τρέφοντος Ἡλίου χθονὸς φύσιν.

Χορός

πῶς γὰρ λέγεις χειμῶνα ναυτικῷ στρατῷ

ἐλθεῖν τελευτῆσαί τε δαιμόνων κότῳ; 635

Κῆρυξ

εὔφημον ἦμαρ οὐ πρέπει κακαγγέλῳ

γλώσσῃ μιαίνειν: χωρὶς ἡ τιμὴ θεῶν.

ὅταν δ᾽ ἀπευκτὰ πήματ᾽ ἄγγελος πόλει

στυγνῷ προσώπῳ πτωσίμου στρατοῦ φέρῃ,

πόλει μὲν ἕλκος ἓν τὸ δήμιον τυχεῖν, 640

πολλοὺς δὲ πολλῶν ἐξαγισθέντας δόμων

ἄνδρας διπλῇ μάστιγι, τὴν Ἄρης φιλεῖ,

전사했다는 소식을 전하며, 재앙을 전하러 돌아왔다면,
복수의 여신을 칭송해야겠지요. 645

하지만 저는 기뻐하는 도시에
기쁜 소식을 가지고 왔는데,
그리스 군대에 닥친 신의 진노인 폭풍을 말하며,
좋은 소식에다 나쁜 소식을 어떻게 섞지요?

이전에 상극이던 불과 바다가 650
이번엔 아르고스 군대를 파멸하려 동맹을 맺었지요.
밤중에 사악한 재앙의 파도가 일었는데,
트라키아에서 불어온 폭풍이
함선들끼리 서로 부딪히게 했고, 655
세찬 폭풍과 폭우 속에 사라져버렸지요.
아침 태양빛이 떠오르니, 아이가이오스 바다에
그리스 군의 시신과 난파선의 파편이
여기저기 떠 있는 것이 보였지요. 660
파선되지 않은 배와 사람들은,
보이지 않는 어떤 신령한 힘이
배의 키를 잡거나 도와주셔서 살아난 것이지요.

δίλογχον ἄτην, φοινίαν ξυνωρίδα:
τοιῶνδε μέντοι πημάτων σεσαγμένον
πρέπει λέγειν παιᾶνα τόνδ᾽ Ἐρινύων. 645
σωτηρίων δὲ πραγμάτων εὐάγγελον
ἥκοντα πρὸς χαίρουσαν εὐεστοῖ πόλιν,
πῶς κεδνὰ τοῖς κακοῖσι συμμείξω, λέγων
χειμῶν᾽ Ἀχαιοῖς οὐκ ἀμήνιτον θεῶν;
ξυνώμοσαν γάρ, ὄντες ἔχθιστοι τὸ πρίν, 650
πῦρ καὶ θάλασσα, καὶ τὰ πίστ᾽ ἐδειξάτην
φθείροντε τὸν δύστηνον Ἀργείων στρατόν.
ἐν νυκτὶ δυσκύμαντα δ᾽ ὠρώρει κακά.
ναῦς γὰρ πρὸς ἀλλήλαισι Θρῄκιαι πνοαὶ
ἤρεικον: αἱ δὲ κεροτυπούμεναι βίᾳ 655
χειμῶνι τυφῶ σὺν ζάλῃ τ᾽ ὀμβροκτύπῳ
ᾤχοντ᾽ ἄφαντοι ποιμένος κακοῦ στρόβῳ.
ἐπεὶ δ᾽ ἀνῆλθε λαμπρὸν ἡλίου φάος,
ὁρῶμεν ἀνθοῦν πέλαγος Αἰγαῖον νεκροῖς
ἀνδρῶν Ἀχαιῶν ναυτικοῖς τ᾽ ἐρειπίοις. 660
ἡμᾶς γε μὲν δὴ ναῦν τ᾽ ἀκήρατον σκάφος
ἤτοι τις ἐξέκλεψεν ἢ 'ξῃτήσατο

행운의 여신께서 함께 하셔서,

우리 배는 닻을 내리고 거친 파도를 맞았지만 665

암초의 해안으로 떠밀려가지 않았지요.

이렇게 우리는 죽음은 면했지만,

환한 대낮에도 우리의 행운을 믿을 수 없었고,

우리 함대에 닥쳤던 그 재앙만을 생각하고 있었지요. 670

그 시간에 살아남은 자는, 틀림없이,

다른 이들은 죽었을 것이라 생각하겠지요.

우리 역시 그렇게 생각했으니까요.

아, 만사가 잘 되었으면 좋겠군요.

메넬라오스 왕께서는 꼭 돌아오실 겁니다. 675

만약 태양빛이 그가 살아있는 것을 본다면,

아직 이 집안을 완전히 멸하실 계획이 없으신

제우스 신의 뜻으로,

무사히 귀환하실 겁니다.

이 모든 말이 진실임을 아시기 바랍니다. 680

(전령 퇴장)

θεός τις, οὐκ ἄνθρωπος, οἴακος θιγών.
τύχη δὲ σωτὴρ ναῦν θέλουσ᾽ ἐφέζετο,
ὡς μήτ᾽ ἐν ὅρμῳ κύματος ζάλην ἔχειν 665
μήτ᾽ ἐξοκεῖλαι πρὸς κραταίλεων χθόνα.
ἔπειτα δ᾽ Ἅιδην πόντιον πεφευγότες,
λευκὸν κατ᾽ ἦμαρ, οὐ πεποιθότες τύχῃ,
ἐβουκολοῦμεν φροντίσιν νέον πάθος,
στρατοῦ καμόντος καὶ κακῶς σποδουμένου. 670
καὶ νῦν ἐκείνων εἴ τίς ἐστιν ἐμπνέων,
λέγουσιν ἡμᾶς ὡς ὀλωλότας, τί μή;
ἡμεῖς τ᾽ ἐκείνους ταὔτ᾽ ἔχειν δοξάζομεν.
γένοιτο δ᾽ ὡς ἄριστα. Μενέλεων γὰρ οὖν
πρῶτόν τε καὶ μάλιστα προσδόκα μολεῖν. 675
εἰ γοῦν τις ἀκτὶς ἡλίου νιν ἱστορεῖ
καὶ ζῶντα καὶ βλέποντα, μηχαναῖς Διός,
οὔπω θέλοντος ἐξαναλῶσαι γένος,
ἐλπίς τις αὐτὸν πρὸς δόμους ἥξειν πάλιν.
τοσαῦτ᾽ ἀκούσας ἴσθι τἀληθῆ κλύων. 680

코로스:

누가 이렇게 잘 어울리게 이름 지었을까?
눈에 보이지 않는 힘이
운명을 미리 내다보고
그의 입을 주장하여 이름을 짓게 하였도다.
창과 전쟁을 부르는 여인,
그 이름 헬레네로다. 685
그녀는 이름에 걸맞게
함대를 파괴하고,
도시와 남자들을 파괴하였도다.

화려한 거처를 빠져 나온 그녀는, 690
제퓌로스의 서풍을 맞으며,
배를 타고 달아났도다.
그리하여 수많은 군인들이
사냥꾼처럼 노의 흔적을 쫓아갔으나, 695
그 도망자들은
이미 트로이아의 언덕에 올라갔으니,
이로써 피를 부르는
전쟁이 시작되도다.

Χορός

τίς ποτ᾽ ὠνόμαζεν ὧδ᾽

ἐς τὸ πᾶν ἐτητύμως—

μή τις ὅντιν᾽ οὐχ ὁρῶμεν προνοί-

αισι τοῦ πεπρωμένου

γλῶσσαν ἐν τύχᾳ νέμων;— 685

τὰν δορίγαμβρον ἀμφινει-

κῆ θ᾽ Ἑλέναν; ἐπεὶ πρεπόντως

ἑλένας, ἕλανδρος, ἑλέ-

πτολις, ἐκ τῶν ἁβροτίμων 690

προκαλυμμάτων ἔπλευσε

ζεφύρου γίγαντος αὔρᾳ,

πολύανδροί τε φεράσπιδες κυναγοὶ

κατ᾽ ἴχνος πλατᾶν ἄφαντον 695

κελσάντων Σιμόεντος ἀ-

κτὰς ἐπ᾽ ἀεξιφύλλους

δι᾽ ἔριν αἱματόεσσαν.

목적을 성취하시는 분노의 여신이
트로이아에 죽음을 부르는 700
결혼을 베풀었나니,
이것은
환대의 식탁과
환대의 신 제우스를 모독한 죄 때문에,
신부를 위해 705
축혼가를 소리 높여
불러준 백성들과 친척들에게
내린 벌이라네.

유서 깊은 프리아모스의 도시가
새로운 노래를 배우며, 710
파리스를 향해 악한 결혼을 한 자라 칭하며
탄식의 노래를 부르는도다.

그 도시는,
모든 것을 파괴할 생명을 잉태했고,
정복자가 그 자식들을 도륙하니,
애곡의 눈물로 가득 차네. 715

Χορός

Ἰλίῳ δὲ κῆδος ὀρθ-

ώνυμον τελεσσίφρων 700

μῆνις ἤλασεν, τραπέζας ἀτί-

μωσιν ὑστέρῳ χρόνῳ

καὶ ξυνεστίου Διὸς

πρασσομένα τὸ νυμφότι- 705

μον μέλος ἐκφάτως τίοντας,

ὑμέναιον, ὃς τότ᾽ ἐπέρ-

ρεπεν γαμβροῖσιν ἀείδειν:

μεταμανθάνουσα δ᾽ ὕμνον

Πριάμου πόλις γεραιὰ 710

πολύθρηνον μέγα που στένει κικλήσκου-

σα Πάριν τὸν αἰνόλεκτρον,

παμπορθῆ πολύθρηνον

αἰῶνα διαὶ πολιτᾶν

μέλεον αἷμ᾽ ἀνατλᾶσα. 715

한 사람이 언젠가 집에서
새끼 사자 한 마리를 길렀다네.
어미젖을 그리워하는 그 새끼 사자는
어린 때에는 유순하고 720
아이들의 친구가 되었다네.
노인들에게도 즐거움을 주었고,
때로는 젖먹이 아이처럼 그들의 품에 안겨
맑은 눈빛으로 그들의 손을 바라며
아양을 떨었지만 725
그것은 배를 채우려 한 짓이었다오.

하지만 세월이 흘러 장성하여
그 자신의 타고난 본성을 드러냈다네.
길러준 보답이랍시고,
시키지도 않은
잔치를 준비하며, 730
양떼를 살육하고
집을 온통 피투성이로 만드니
온 집안이 고통스러웠다네.

Χορός

ἔθρεψεν δὲ λέοντος ἶ-

νιν δόμοις ἀγάλακτον οὕ-

τως ἀνὴρ φιλόμαστον,

ἐν βιότου προτελείοις 720

ἅμερον, εὐφιλόπαιδα

καὶ γεραροῖς ἐπίχαρτον.

πολέα δ' ἔσχ' ἐν ἀγκάλαις

νεοτρόφου τέκνου δίκαν,

φαιδρωπὸς ποτὶ χεῖρα σαί- 725

νων τε γαστρὸς ἀνάγκαις.

Χορός

χρονισθεὶς δ' ἀπέδειξεν ἦ-

θος τὸ πρὸς τοκέων: χάριν

γὰρ τροφεῦσιν ἀμείβων

μηλοφόνοισιν ἐν ἄταις 730

δαῖτ' ἀκέλευστος ἔτευξεν:

αἵματι δ' οἶκος ἐφύρθη,

ἄμαχον ἄλγος οἰκέταις

그 살육은 점차 커져 갔으니,
그가 파괴의 신 아떼의 사제로 735
그 집안에서 자란 것은
신의 뜻이었다네.

헬레네 그녀가
처음 트로이아에 왔을 때는
잔잔한 파도 같고, 740
찬란한 보석 같고,
매혹적인 눈의 화살,
가슴을 찌르는 사랑의 꽃이었다오.
하지만 곧 길을 어긋나며 745
결혼은 비참한 종말을 고했다오.
복수의 여신이,
환대의 신 제우스의 뜻을 좇아
프리아모스의 아들들을 치게 하니,
도시는 파멸하고,
여인들의 눈물만 남았다오.

사람들 사이에 전해 오는 옛말에, 750

μέγα σίνος πολυκτόνον.

ἐκ θεοῦ δ᾽ ἱερεύς τις ἄ- 735

τας δόμοις προσεθρέφθη.

Χορός

πάραυτα δ᾽ ἐλθεῖν ἐς Ἰλίου πόλιν

λέγοιμ᾽ ἂν φρόνημα μὲν

νηνέμου γαλάνας,

ἀκασκαῖον δ᾽ ἄγαλμα πλούτου, 740

μαλθακὸν ὀμμάτων βέλος,

δηξίθυμον ἔρωτος ἄνθος.

παρακλίνασ᾽ ἐπέκρανεν

δὲ γάμου πικρὰς τελευτάς, 745

δύσεδρος καὶ δυσόμιλος

συμένα Πριαμίδαισιν,

πομπᾷ Διὸς ξενίου,

νυμφόκλαυτος Ἐρινύς.

Χορός

παλαίφατος δ᾽ ἐν βροτοῖς γέρων λόγος 750

인간의 번영이 완전히 성장하면
반드시 새끼를 치고
후사가 없이 죽지 않는 법이니,
그 행운으로부터
끝없는 고통이 태어난다고 했다오. 755

하지만 나는 그렇게
생각지 않는다오.
악행은 뒤에 그를 닮은
더 많은 악행을 낳지만,
정의를 좇는 가문에서는 760
언제나 복을 받는
자식이 태어난다오.

오래된 오만은
언젠가 운명의 때가 되면
악인을 통해 765
새로운 오만을
낳는 법.

τέτυκται, μέγαν τελε-

σθέντα φωτὸς ὄλβον

τεκνοῦσθαι μηδ᾽ ἄπαιδα θνῄσκειν,

ἐκ δ᾽ ἀγαθᾶς τύχας γένει 755

βλαστάνειν ἀκόρεστον οἰζύν.

δίχα δ᾽ ἄλλων μονόφρων εἰ-

μί: τὸ δυσσεβὲς γὰρ ἔργον

μετὰ μὲν πλείονα τίκτει,

σφετέρᾳ δ᾽ εἰκότα γέννᾳ. 760

οἴκων δ᾽ ἄρ᾽ εὐθυδίκων

καλλίπαις πότμος αἰεί.

Χορός

φιλεῖ δὲ τίκτειν Ὕβρις

μὲν παλαιὰ νεά-

ζουσαν ἐν κακοῖς βροτῶν

ὕβριν τότ᾽ ἢ τόθ᾽, ὅτε τὸ κύρ-

ιον μόλῃ φάος τόκου,

그 오만은,
걷잡을 수 없는,
불경하고 무모한 악령인, 770
끔찍한 아떼를 낳는다오.

하지만 정의의 여신 디케는
연기에 그을린 오두막도 환히 빛나게 하사,
정의로운 자를 사랑한다오. 775

번쩍이는 저택이라도
그 안에 더러운 손이 있으면,
눈길을 돌리며 그곳을 떠나
정결한 집을 향해 가시며,
사람들이 헛되이 찬양하는
부귀영화를 즐거워하지 않는다오. 780
여신께서는
만사를 정의의 길로 인도하시지요.

(아가멤논과 카산드라가 마차를 타고 등장하며,
수행원들이 따라온다)

δαίμονά τε τὰν ἄμαχον ἀπόλεμ-

ον, ἀνίερον Θράσος, μελαί-

νας μελάθροισιν Ἄτας, 770

εἰδομένας τοκεῦσιν.

Χορός

Δίκα δὲ λάμπει μὲν ἐν

δυσκάπνοις δώμασιν,

τὸν δ᾽ ἐναίσιμον τίει βίον. 775

τὰ χρυσόπαστα δ᾽ ἔδεθλα σὺν

πίνῳ χερῶν παλιντρόποις

ὄμμασι λιποῦσ᾽, ὅσια προσέμολ-

ε, δύναμιν οὐ σέβουσα πλού-

του παράσημον αἴνῳ: 780

πᾶν δ᾽ ἐπὶ τέρμα νωμᾷ.

오! 왕이시여, 트로이아의 정복자,
아트레우스의 자손이시여,
어떻게 인사를 드려야 하나요? 785
어떻게 경의를 표해야
지나치거나 모자람 없이 예의에 맞을까요?

이 세상의 많은 사람들이 진실보다는
겉모양을 더 존중하며 올바른 것을 짓밟아 버리지요.
누구나 불행을 당한 자와 같이 탄식하지만 790
그렇다고 찌르는 듯한 아픔을
마음속까지 느끼는 것은 결코 아니지요.
또한 그런 자들은 남이 기뻐하면
억지 미소를 지으며 같이 기뻐하는 체하지요.
그러나 양떼를 잘 헤아리는 목자라면, 795
충성스런 마음에서 우러나온 듯하지만
물을 탄 포도주 같은 그런 눈빛에 속지 않겠지요.

옛날 헬레네를 위해 군대를 내보내실 때는,
제 눈에, 솔직히 말씀 드리자면,
왕께서는 아주 무자비했답니다. 800

Χορός

ἄγε δή, βασιλεῦ, Τροίας πτολίπορθ',

Ἀτρέως γένεθλον,

πῶς σε προσείπω; πῶς σε σεβίζω 785

μήθ' ὑπεράρας μήθ' ὑποκάμψας

καιρὸν χάριτος;

πολλοὶ δὲ βροτῶν τὸ δοκεῖν εἶναι

προτίουσι δίκην παραβάντες.

τῷ δυσπραγοῦντι δ' ἐπιστενάχειν 790

πᾶς τις ἕτοιμος: δῆγμα δὲ λύπης

οὐδὲν ἐφ' ἧπαρ προσικνεῖται:

καὶ ξυγχαίρουσιν ὁμοιοπρεπεῖς

ἀγέλαστα πρόσωπα βιαζόμενοι.

ὅστις δ' ἀγαθὸς προβατογνώμων, 795

οὐκ ἔστι λαθεῖν ὄμματα φωτός,

τὰ δοκοῦντ' εὔφρονος ἐκ διανοίας

ὑδαρεῖ σαίνειν φιλότητι.

σὺ δέ μοι τότε μὲν στέλλων στρατιὰν

Ἑλένης ἕνεκ', οὐ γάρ σ' ἐπικεύσω, 800

κάρτ' ἀπομούσως ἦσθα γεγραμμένος,

그리고 산제물을 드리며 죽어가는 군사들에게
용기를 불어 넣으려 하실 때는
마음의 키를 잘못 조종하시는 것으로 여겼지요.
하지만 지금은 마음속 깊이,
그리고 진정 사랑하는 마음으로
드리고 싶은 말은 이것입니다. 805

성공한 자에게는 노고도 기쁨이다.

그리고 시민들 중에
누가 정직하게 도시를 잘 지켰고,
누가 잘못했는지는 차차 아시게 될 것입니다.

아가멤논:
조국 아르고스와 신들께 인사부터 드려야겠소. 810
신들의 도움으로 트로이아에 정당한 보복을 했고,
무사히 귀국할 수 있었으니 말이오.
인간의 말에 현혹되지 않고,
신들께서는 만장일치로,
트로이아의 파멸을 위하여

οὐδ᾽ εὖ πραπίδων οἴακα νέμων
θράσος ἐκ θυσιῶν
ἀνδράσι θνῄσκουσι κομίζων.
νῦν δ᾽ οὐκ ἀπ᾽ ἄκρας φρενὸς οὐδ᾽ ἀφίλως 805

*

εὔφρων πόνος εὖ τελέσασιν.
γνώσῃ δὲ χρόνῳ διαπευθόμενος
τόν τε δικαίως καὶ τὸν ἀκαίρως πόλιν οἰκουροῦντα πολιτῶν.

Ἀγαμέμνων

πρῶτον μὲν Ἄργος καὶ θεοὺς ἐγχωρίους 810
δίκη προσειπεῖν, τοὺς ἐμοὶ μεταιτίους
νόστου δικαίων θ᾽ ὧν ἐπραξάμην πόλιν
Πριάμου: δίκας γὰρ οὐκ ἀπὸ γλώσσης θεοὶ
κλύοντες ἀνδροθνῆτας Ἰλίου φθορὰς

자신들의 의사 표시를
피의 항아리 안에 던져 넣으셨고, 815
그 반대의 항아리에는 희망만이 있었을 뿐,
그 안에 표를 던져 넣는 손은 하나도 없었던 것이오.
지금도 함락된 도시는 연기가 피어오르니
그 증거가 명확하지요.
파멸의 바람만 불고, 타다 남은 잿더미는
번영하던 도시와 함께 죽어 가고 있을 것이오. 820

우리는 신들께 감사 드려야 할 것이오.
저들의 행위에 대해 합당한 보복을 했고,
그 도시는 한 여인으로 말미암아 파괴되고 말았지요.
목마의 뱃속에서 군사들이
한밤중에 껑충 뛰어나왔고, 825
그리고는 사자 같은 우리 군대가
성벽을 뛰어넘어 왕자들의 피를 포식했지요.

신들을 위해 긴 말을 했소이다.
그리고 그대가 한 말은 명심해두겠소. 830
나는 그대와 동감이오.

ἐς αἱματηρὸν τεῦχος οὐ διχορρόπως 815

ψήφους ἔθεντο: τῷ δ᾽ ἐναντίῳ κύτει

ἐλπὶς προσῄει χειρὸς οὐ πληρουμένῳ.

καπνῷ δ᾽ ἁλοῦσα νῦν ἔτ᾽ εὔσημος πόλις.

ἄτης θύελλαι ζῶσι: συνθνῄσκουσα δὲ

σποδὸς προπέμπει πίονας πλούτου πνοάς. 820

τούτων θεοῖσι χρὴ πολύμνηστον χάριν

τίνειν, ἐπείπερ καὶ πάγας ὑπερκότους

ἐφραξάμεσθα καὶ γυναικὸς οὕνεκα

πόλιν διημάθυνεν Ἀργεῖον δάκος,

ἵππου νεοσσός, ἀσπιδηφόρος λεώς, 825

πήδημ᾽ ὀρούσας ἀμφὶ Πλειάδων δύσιν:

ὑπερθορὼν δὲ πύργον ὠμηστὴς λέων

ἄδην ἔλειξεν αἵματος τυραννικοῦ.

θεοῖς μὲν ἐξέτεινα φροίμιον τόδε:

τὰ δ᾽ ἐς τὸ σὸν φρόνημα, μέμνημαι κλύων, 830

καὶ φημὶ ταὐτὰ καὶ συνήγορόν μ᾽ ἔχεις.

행운을 누리는 친구를 시기하지 않고 칭송하는,
그런 기질을 타고난 사람은 그리 흔치 않지요.
그러나 악의를 품고 있는 자는 그 독기로 인해
이중의 고통을 당하는 법이지요. 835
그는 자신의 불행으로 고통당하는 동시에
남의 행복을 보고 슬퍼하니까요.
이는 내가 확신할 수 있는 말이오.
나는 많은 사람들을 보았는데,
가장 충성스런 체하는 자들은
거울에 비친 그림자에 불과하오. 840

오직 한 사람 오뒤세우스가,
처음에는 마지못해 배에 탔으나,
멍에를 매자 곧 충성스런 말로 드러났소.
그의 생사여부를 떠나 이것은 사실이오.

도시와 신들에 관한 그 밖의 다른 일들은
모든 사람들이 모인 앞에서 의논하기로 합시다. 845
좋은 것은 앞으로도 잘 지키도록 하고,
병은 얼른 칼이나 불로 치료하도록 합시다. 850

παύροις γὰρ ἀνδρῶν ἐστι συγγενὲς τόδε,

φίλον τὸν εὐτυχοῦντ᾽ ἄνευ φθόνου σέβειν.

δύσφρων γὰρ ἰὸς καρδίαν προσήμενος

ἄχθος διπλοΐζει τῷ πεπαμένῳ νόσον, 835

τοῖς τ᾽ αὐτὸς αὑτοῦ πήμασιν βαρύνεται

καὶ τὸν θυραῖον ὄλβον εἰσορῶν στένει.

εἰδὼς λέγοιμ᾽ ἄν, εὖ γὰρ ἐξεπίσταμαι

ὁμιλίας κάτοπτρον, εἴδωλον σκιᾶς

δοκοῦντας εἶναι κάρτα πρευμενεῖς ἐμοί. 840

μόνος δ᾽ Ὀδυσσεύς, ὅσπερ οὐχ ἑκὼν ἔπλει,

ζευχθεὶς ἕτοιμος ἦν ἐμοὶ σειραφόρος:

εἴτ᾽ οὖν θανόντος εἴτε καὶ ζῶντος πέρι

λέγω. τὰ δ᾽ ἄλλα πρὸς πόλιν τε καὶ θεοὺς

κοινοὺς ἀγῶνας θέντες ἐν πανηγύρει 845

βουλευσόμεσθα. καὶ τὸ μὲν καλῶς ἔχον

ὅπως χρονίζον εὖ μενεῖ βουλευτέον:

ὅτῳ δὲ καὶ δεῖ φαρμάκων παιωνίων,

ἤτοι κέαντες ἢ τεμόντες εὐφρόνως

πειρασόμεσθα πῆμ᾽ ἀποστρέψαι νόσου. 850

자, 이제 집 안으로 들어가서, 먼 원정길을 지키사,
무사히 귀국하게 하신 신들께 먼저 감사 드려야겠소.
나와 함께 한 이 승리가 영원하길 소망하오!

(클뤼타이메스트라와 하녀들 등장하며 맞이한다)

클뤼타이메스트라:
아르고스 시민들이여, 이 자리에 계신 장로들이여! 855
남편에 대한 내 사랑을 드러내놓고 말하겠소.
나이가 들수록 수줍음도 사라지는구려.
남의 이야기가 아니라,
왕께서 트로이아로 가신 후 긴 세월,
나 자신이 얼마나 비참한 삶을 살아왔는지
말씀 드리고자 합니다. 860
무엇보다도, 여자가 남편과 떨어져
독수공방하는 것은 힘든 일이지요.
그 다음은, 계속해서 나쁜 소식을 듣는 것이지요.
한 사람이 나쁜 소식을 갖고 오면
곧 다른 사람이 더 나쁜 소식을 갖고 와서
모두 다 듣도록 외치는 겁니다. 865

νῦν δ᾽ ἐς μέλαθρα καὶ δόμους ἐφεστίους

ἐλθὼν θεοῖσι πρῶτα δεξιώσομαι,

οἵπερ πρόσω πέμψαντες ἤγαγον πάλιν.

νίκη δ᾽ ἐπείπερ ἕσπετ᾽, ἐμπέδως μένοι.

Κλυταιμήστρα

ἄνδρες πολῖται, πρέσβος Ἀργείων τόδε, 855

οὐκ αἰσχυνοῦμαι τοὺς φιλάνορας τρόπους

λέξαι πρὸς ὑμᾶς: ἐν χρόνῳ δ᾽ ἀποφθίνει

τὸ τάρβος ἀνθρώποισιν. οὐκ ἄλλων πάρα

μαθοῦσ᾽, ἐμαυτῆς δύσφορον λέξω βίον

τοσόνδ᾽ ὅσον περ οὗτος ἦν ὑπ᾽ Ἰλίῳ. 860

τὸ μὲν γυναῖκα πρῶτον ἄρσενος δίχα

ἧσθαι δόμοις ἔρημον ἔκπαγλον κακόν,

πολλὰς κλύουσαν κληδόνας παλιγκότους:

καὶ τὸν μὲν ἥκειν, τὸν δ᾽ ἐπεσφέρειν κακοῦ

κάκιον ἄλλο πῆμα, λάσκοντας δόμοις. 865

만약 소문만큼 많은 상처를 입으셨다면,
몸에 그물보다 많은 구멍이 났겠지요.
소문만큼이나 자주 전사하셨다면,
몸뚱이가 셋인 게뤼온일 것이며,
세 겹의 수의를 자랑하실 겁니다. 870
몸뚱이 하나가 죽을 때마다
한 번씩 죽었을 테니까요.
이런 끔찍한 소문을 듣고
목매어 자결하려 한 적이
한두 번이 아니었지요. 875
남들이 내 목에 맨 줄을 억지로 풀었답니다.
그리고 우리 결혼의 징표인 오레스테스는
우리 곁에 있어야 하지만, 이곳을 떠나야 했지요.
이상히 여기실 건 없어요.
우리의 우호적 동맹인 포키스의 왕 스트로피오스가
그 애를 잘 보살피고 있으니까요. 880
그분은 두 가지 불행을 예측했는데,
왕께서는 트로이아에서 어떤 변을 당할 수도 있고,
이곳은 통치자가 없다며,
민심이 동요될지 모른다는 것이지요.

καὶ τραυμάτων μὲν εἰ τόσων ἐτύγχανεν
ἀνὴρ ὅδ᾽, ὡς πρὸς οἶκον ὠχετεύετο
φάτις, τέτρηται δικτύου πλέον λέγειν.
εἰ δ᾽ ἦν τεθνηκώς, ὡς ἐπλήθυον λόγοι,
τρισώματός τἂν Γηρυὼν ὁ δεύτερος 870
πολλὴν ἄνωθεν, τὴν κάτω γὰρ οὐ λέγω,
χθονὸς τρίμοιρον χλαῖναν ἐξηύχει λαβεῖν,
ἅπαξ ἑκάστῳ κατθανὼν μορφώματι.
τοιῶνδ᾽ ἕκατι κληδόνων παλιγκότων
πολλὰς ἄνωθεν ἀρτάνας ἐμῆς δέρης 875
ἔλυσαν ἄλλοι πρὸς βίαν λελημμένης.
ἐκ τῶνδέ τοι παῖς ἐνθάδ᾽ οὐ παραστατεῖ,
ἐμῶν τε καὶ σῶν κύριος πιστωμάτων,
ὡς χρῆν, Ὀρέστης: μηδὲ θαυμάσῃς τόδε.
τρέφει γὰρ αὐτὸν εὐμενὴς δορύξενος 880
Στρόφιος ὁ Φωκεύς, ἀμφίλεκτα πήματα
ἐμοὶ προφωνῶν, τόν θ᾽ ὑπ᾽ Ἰλίῳ σέθεν
κίνδυνον, εἴ τε δημόθρους ἀναρχία
βουλὴν καταρρίψειεν, ὥστε σύγγονον

넘어진 자를 세상 사람들은
더 세게 짓밟는 법이랍니다. 885
이것 외에 딴 의도는 없었어요.
눈물을 너무 흘려 이제는 다 말라 버렸답니다.
뜬눈으로 밤을 지새우니 눈도 상했고요.
횃불 신호를 기다리며 밤을 지새웠지만, 890
봉화는 좀처럼 불타오르지 않았지요.
그리다 잠이 들 때면 악몽에 시달리며,
작은 벌레의 날개 소리에도 깜짝 놀라 깨곤 했지요.
잠을 자는 것보다는,
수많은 재앙이 당신을 덮치는 꿈에 시달렸으니까요.
이 모든 고통을 참았답니다. 895
이제 모든 슬픔은 지나갔으니,
왕께서는 양 우리를 지키는 목자시고,
배를 지키는 버팀줄, 높은 지붕을 지탱하는 기둥,
대를 이을 외아들, 절망한 선원들에게 나타난 육지,
태풍이 지난 뒤의 쾌청한 날씨, 900
목마른 나그네의 샘물 같은 분이랍니다.
온갖 갈망에서 해방된 기쁨이여!
왕께서는 이런 칭송을 받으심이 마땅하답니다.

βροτοῖσι τὸν πεσόντα λακτίσαι πλέον. 885

τοιάδε μέντοι σκῆψις οὐ δόλον φέρει.

ἔμοιγε μὲν δὴ κλαυμάτων ἐπίσσυτοι

πηγαὶ κατεσβήκασιν, οὐδ᾽ ἔνι σταγών.

ἐν ὀψικοίτοις δ᾽ ὄμμασιν βλάβας ἔχω

τὰς ἀμφί σοι κλαίουσα λαμπτηρουχίας 890

ἀτημελήτους αἰέν. ἐν δ᾽ ὀνείρασιν

λεπταῖς ὑπαὶ κώνωπος ἐξηγειρόμην

ῥιπαῖσι θωύσσοντος, ἀμφί σοι πάθη

ὁρῶσα πλείω τοῦ ξυνεύδοντος χρόνου.

νῦν ταῦτα πάντα τλᾶσ᾽ ἀπενθήτῳ φρενὶ 895

λέγοιμ᾽ ἂν ἄνδρα τόνδε τῶν σταθμῶν κύνα,

σωτῆρα ναὸς πρότονον, ὑψηλῆς στέγης

στῦλον ποδήρη, μονογενὲς τέκνον πατρί,

καὶ γῆν φανεῖσαν ναυτίλοις παρ᾽ ἐλπίδα,

κάλλιστον ἦμαρ εἰσιδεῖν ἐκ χείματος, 900

ὁδοιπόρῳ διψῶντι πηγαῖον ῥέος:

τερπνὸν δὲ τἀναγκαῖον ἐκφυγεῖν ἅπαν.

τοιοῖσδέ τοί νιν ἀξιῶ προσφθέγμασιν.

제발 신들께서 질투하시지 않았으면 좋겠어요!
정말 우리는 너무 큰 고통을 감내했으니까요.
사랑하는 왕이시여, 905
자, 이제 마차에서 내리시죠. 하지만 왕이시여,
트로이아를 함락시킨 그 발로 흙을 밟지 마세요.
시종들이여, 너희는 뭘 꾸물대느냐,
서둘러 자줏빛 융단을 펴도록 명하지 않았느냐?
어서, 자줏빛 길을 만들어라. 910
다시 돌아와 보리라고 생각도 못했던 이 집 안으로
정의의 여신이 인도하시도록 하라.
그러면 뒷일은 잠 못 이루는 이 마음이
신들의 뜻대로 적절히 처리할 것이니. 910

아가멤논:
레다의 자손, 내 집의 안주인, 915
오랫동안 내가 집을 비웠으니,
그에 걸맞게 당신 인사도 꽤나 길구려.
적절한 칭찬은 타인의 입을 통해 받아야 할
정당한 선물이지요.
하지만 여자처럼 날 치장하지 마오.

φθόνος δ᾽ ἀπέστω: πολλὰ γὰρ τὰ πρὶν κακὰ

ἠνειχόμεσθα. νῦν δέ μοι, φίλον κάρα, 905

ἔκβαιν᾽ ἀπήνης τῆσδε, μὴ χαμαὶ τιθεὶς

τὸν σὸν πόδ᾽, ὦναξ, Ἰλίου πορθήτορα.

δμῳαί, τί μέλλεθ᾽, αἷς ἐπέσταλται τέλος

πέδον κελεύθου στρωννύναι πετάσμασιν;

εὐθὺς γενέσθω πορφυρόστρωτος πόρος 910

ἐς δῶμ᾽ ἄελπτον ὡς ἂν ἡγῆται δίκη.

τὰ δ᾽ ἄλλα φροντὶς οὐχ ὕπνῳ νικωμένη

θήσει δικαίως σὺν θεοῖς εἱμαρμένα. 910

Ἀγαμέμνων

Λήδας γένεθλον, δωμάτων ἐμῶν φύλαξ,

ἀπουσίᾳ μὲν εἶπας εἰκότως ἐμῇ:

μακρὰν γὰρ ἐξέτεινας: ἀλλ᾽ ἐναισίμως

αἰνεῖν, παρ᾽ ἄλλων χρὴ τόδ᾽ ἔρχεσθαι γέρας:

καὶ τἄλλα μὴ γυναικὸς ἐν τρόποις ἐμὲ

ἅβρυνε, μηδὲ βαρβάρου φωτὸς δίκην

마치 동방의 군주인 양 머리를 조아리며
큰 소리로 칭송하지 말고, 920
길에 융단을 깔아 신들의 질투를 사지 않도록 하시오.
이런 의식은 신들에게나 어울리는 법.
인간이 어찌 화려하게 수놓은 천을
겁 없이 밟는단 말이오.
신이 아니라 한 인간으로 존경을 표해주면 좋겠소. 925
발 깔개니 수놓은 천이니 하는
이상한 소문에 휘말리기 싫소이다.
악인의 꾀를 좇지 않는 것이
신이 주신 가장 큰 복이오.
복된 삶으로 인생을 다하는 자만이
축복받은 자라 할 것이오.
나는 이같이 소신껏 행동하기를 바라오. 930

클뤼타이메스트라:
진심으로 그러십니까?

아가멤논:
마음에 없는 거짓말을 하지는 않소.

χαμαιπετὲς βόαμα προσχάνῃς ἐμοί, 920

μηδ᾽ εἵμασι στρώσασ᾽ ἐπίφθονον πόρον

τίθει: θεούς τοι τοῖσδε τιμαλφεῖν χρεών:

ἐν ποικίλοις δὲ θνητὸν ὄντα κάλλεσιν

βαίνειν ἐμοὶ μὲν οὐδαμῶς ἄνευ φόβου.

λέγω κατ᾽ ἄνδρα, μὴ θεόν, σέβειν ἐμέ. 925

χωρὶς ποδοψήστρων τε καὶ τῶν ποικίλων

κληδὼν ἀυτεῖ: καὶ τὸ μὴ κακῶς φρονεῖν

θεοῦ μέγιστον δῶρον. ὀλβίσαι δὲ χρὴ

βίον τελευτήσαντ᾽ ἐν εὐεστοῖ φίλῃ.

εἰ πάντα δ᾽ ὣς πράσσοιμ᾽ ἄν, εὐθαρσὴς ἐγώ. 930

Κλυταιμήστρα

καὶ μὴν τόδ᾽ εἰπὲ μὴ παρὰ γνώμην ἐμοί.

Ἀγαμέμνων

γνώμην μὲν ἴσθι μὴ διαφθεροῦντ᾽ ἐμέ.

클뤼타이메스트라:

신을 경외하기 때문에 그렇게 말씀하신 건가요?

아가멤논:

지각 있는 자라면 그렇게 말하겠지요?

클뤼타이메스트라:

프리아모스가 승리를 했다면 어떻게 했을까요? 935

아가멤논:

틀림없이 수놓은 천 위를 걸었겠지요.

클뤼타이메스트라:

그렇다면 사람들이 욕할까 걱정하지 마세요.

아가멤논:

하지만 시민들의 목소리는 큰 힘이 있는 법이지요.

클뤼타이메스트라:

질투를 사지 못하는 자는 부러움도 사지 못 하지요.

Κλυταιμήστρα

ηὔξω θεοῖς δείσας ἂν ὧδ᾽ ἔρδειν τάδε.

Ἀγαμέμνων

εἴπερ τις, εἰδώς γ᾽ εὖ τόδ᾽ ἐξεῖπον τέλος.

Κλυταιμήστρα

τί δ᾽ ἂν δοκεῖ σοι Πρίαμος, εἰ τάδ᾽ ἤνυσεν; 935

Ἀγαμέμνων

ἐν ποικίλοις ἂν κάρτα μοι βῆναι δοκεῖ.

Κλυταιμήστρα

μή νυν τὸν ἀνθρώπειον αἰδεσθῇς ψόγον.

Ἀγαμέμνων

φήμη γε μέντοι δημόθρους μέγα σθένει.

Κλυταιμήστρα

ὁ δ᾽ ἀφθόνητός γ᾽ οὐκ ἐπίζηλος πέλει.

아가멤논:

정녕 이같이 전투를 좋아하다니 여성스럽지 못하구려. 940

클뤼타이메스트라:

져주는 것이 위대한 자에게 어울리는 듯하옵니다.

아가멤논:

이 같이 전투를 치르더라도 꼭 승리를 쟁취해야겠소?

클뤼타이메스트라:

굴복하세요. 진정한 승리자라면 기꺼이 양보하세요.

아가멤논:

꼭 이겨야겠다면, 그렇게 하리라.

내 발을 위해 노예처럼 봉사해 온 945

이 신발 끈을 누가 지체 없이 풀도록 하시오.

그래야만 신들이 자줏빛 융단을 밟는 나를

멀리서 질투의 눈길로 바라보지 않을 테니까.

귀중한 천을 발로 밟아

집안의 재물을 낭비하는 것은 수치라오.

Ἀγαμέμνων

οὔτοι γυναικός ἐστιν ἱμείρειν μάχης. 940

Κλυταιμήστρα

τοῖς δ᾽ ὀλβίοις γε καὶ τὸ νικᾶσθαι πρέπει.

Ἀγαμέμνων

ἦ καὶ σὺ νίκην τήνδε δήριος τίεις;

Κλυταιμήστρα

πιθοῦ: κράτος μέντοι πάρες γ᾽ ἑκὼν ἐμοί.

Ἀγαμέμνων

ἀλλ᾽ εἰ δοκεῖ σοι ταῦθ᾽, ὑπαί τις ἀρβύλας

λύοι τάχος, πρόδουλον ἔμβασιν ποδός. 945

καὶ τοῖσδέ μ᾽ ἐμβαίνονθ᾽ ἁλουργέσιν θεῶν

μή τις πρόσωθεν ὄμματος βάλοι φθόνος.

πολλὴ γὰρ αἰδὼς δωματοφθορεῖν ποσὶν

φθείροντα πλοῦτον ἀργυρωνήτους θ᾽ ὑφάς.

자, 이제 이 이방 여인을
친절하게 집 안으로 데려가시오. 950
자비로운 주인에게는 신께서
저 멀리서 자비의 눈길을 보내신다오.
자진하여 노예의 멍에를 질 사람은 아무도 없소.
이 여인은 군대가 준 선물로,
수많은 재물 중에서 특별한 꽃이라,
나를 따라온 것이오. 955
내가 양보해서 이제 당신 말을 들어야 하니,
이 자줏빛 천을 밟으며 궁전 안으로 들어가겠소.

클뤼타이메스트라:
저기 저 바다를 누가 말릴 수 있겠어요?
저 바다에서는 옷을 물들이는
귀한 자줏빛 염료가 끊임없이 솟아오르고 있지요. 960
우리 집은 신들의 은총으로 풍족해요.
가난이란 걸 모르지요.

왕께서 무사 귀환하시도록 기도할 때,
신탁이 명령했다면,

τούτων μὲν οὕτω: τὴν ξένην δὲ πρευμενῶς 950

τήνδ᾽ ἐσκόμιζε: τὸν κρατοῦντα μαλθακῶς

θεὸς πρόσωθεν εὐμενῶς προσδέρκεται.

ἑκὼν γὰρ οὐδεὶς δουλίῳ χρῆται ζυγῷ.

αὕτη δὲ πολλῶν χρημάτων ἐξαίρετον

ἄνθος, στρατοῦ δώρημ᾽, ἐμοὶ ξυνέσπετο. 955

ἐπεὶ δ᾽ ἀκούειν σοῦ κατέστραμμαι τάδε,

εἶμ᾽ ἐς δόμων μέλαθρα πορφύρας πατῶν.

Κλυταιμήστρα

ἔστιν θάλασσα, τίς δέ νιν κατασβέσει;

τρέφουσα πολλῆς πορφύρας ἰσάργυρον

κηκῖδα παγκαίνιστον, εἱμάτων βαφάς. 960

οἶκος δ᾽ ὑπάρχει τῶνδε σὺν θεοῖς ἅλις

ἔχειν: πένεσθαι δ᾽ οὐκ ἐπίσταται δόμος.

πολλῶν πατησμὸν δ᾽ εἱμάτων ἂν ηὐξάμην,

δόμοισι προυνεχθέντος ἐν χρηστηρίοις,

더 많은 천이라도 깔겠다고 서원했을 겁니다. 965
뿌리가 살아있으면 다시 새 잎이 돋아나
집에 그늘을 드리워 더위를 막아주듯,
당신께서 집으로 돌아오시니
추운 겨울에 따뜻한 여름이 찾아온 것 같군요.
포도가 익어가는 여름에도, 970
주인이 돌아오면 집 안이 갑자기 시원해진답니다.

(아가멤논, 궁전으로 들어간다.)

오, 제우스 신이시여, 내 기도를 들어주소서.
뜻하신 일이 이루어지도록 지켜주소서!

(클뤼타이메스트라, 궁전 안으로 퇴장)

코로스:
두려움이 끈덕지게 975
예감으로 아른거리는 것은 왜일까?
청하지도 않은 노래,
보수도 없는 노래,

ψυχῆς κόμιστρα τῆσδε μηχανωμένῃ. 965

ῥίζης γὰρ οὔσης φυλλὰς ἵκετ᾽ ἐς δόμους,

σκιὰν ὑπερτείνασα σειρίου κυνός.

καὶ σοῦ μολόντος δωματῖτιν ἑστίαν,

θάλπος μὲν ἐν χειμῶνι σημαίνεις μολόν:

ὅταν δὲ τεύχῃ Ζεὺς ἀπ᾽ ὄμφακος πικρᾶς 970

οἶνον, τότ᾽ ἤδη ψῦχος ἐν δόμοις πέλει,

ἀνδρὸς τελείου δῶμ᾽ ἐπιστρωφωμένου.

Ζεῦ, Ζεῦ τέλειε, τὰς ἐμὰς εὐχὰς τέλει:

μέλοι δέ τοι σοὶ τῶν περ ἂν μέλλῃς τελεῖν.

Χορός

τίπτε μοι τόδ᾽ ἐμπέδως 975

δεῖμα προστατήριον

καρδίας τερασκόπου ποτᾶται,

μαντιπολεῖ δ᾽ ἀκέλευστος ἄμισθος ἀοιδά,

왜 예언의 노래를 부르고 있지? 980
왜 의미 없는 꿈인 양
그 두려움을 쫓아버리고,
내 마음의 왕좌에
확고한 신념을 앉힐 수 없을까?

무장한 함대가 트로이아로 출항할 때, 985
모래언덕에 묶였던 밧줄의 기억도
오래 전 이야기가 되었는데.

이제 그들이 돌아왔음을
이 눈으로 보아 확실히 아는데. 990

그런데 아직 내 가슴속 영혼은
희망의 확신이라고는 조금도 갖지 못한 채,
나도 모르게,
복수의 여신들의 만가를 부르고 있도다.
내 가슴은 안정을 찾지 못하나니, 995
앞으로 닥쳐올 보복의 두려움을 알고
마음이 소용돌이치노라.

οὐδ᾽ ἀποπτύσαι δίκαν 980

δυσκρίτων ὀνειράτων

θάρσος εὐπειθὲς ἵ-

ζει φρενὸς φίλον θρόνον;

χρόνος δ᾽ ἐπὶ πρυμνησίων ξυνεμβολαῖς

ψαμμί᾽ ἀκτᾶς παρή- 985

μησεν, εὖθ᾽ ὑπ᾽ Ἴλιον

ὦρτο ναυβάτας στρατός.

Χορός

πεύθομαι δ᾽ ἀπ᾽ ὀμμάτων

νόστον, αὐτόμαρτυς ὤν:

τὸν δ᾽ ἄνευ λύρας ὅμως ὑμνῳδεῖ 990

θρῆνον Ἐρινύος αὐτοδίδακτος ἔσωθεν

θυμός, οὐ τὸ πᾶν ἔχων

ἐλπίδος φίλον θράσος.

σπλάγχνα δ᾽ οὔτοι ματᾴ- 995

ζει πρὸς ἐνδίκοις φρεσὶν

τελεσφόροις δίναις κυκώμενον κέαρ.

내 이 두려움이
거짓으로 드러나고,
부디 성취되지 말기를 바라노라. 1000

아무리 인간의 건강이 왕성해도
결국은 한계가 있는 법.
담 너머에 질병이 도사리고 있음이라.
인간의 운명도 그러하니, 1005
순풍에 돛 단 듯 나아가지만,
눈에 보이지 않는 암초에 걸리는 법.

그리고 재물을 쌓으매,
지나친 부분을 적절히 잘라 버린다면,
과욕의 풍요로 말미암아 1010
집 전체가 침몰하는 일은 없을 것이며,
가라앉지도 않으리라.

εὔχομαι δ᾽ ἐξ ἐμᾶς

ἐλπίδος ψύθη πεσεῖν

ἐς τὸ μὴ τελεσφόρον. 1000

Χορός

μάλα γέ τοι τὸ μεγάλας ὑγιείας

ἀκόρεστον τέρμα: νόσος γάρ

γείτων ὁμότοιχος ἐρείδει.

καὶ πότμος εὐθυπορῶν 1005

*

ἀνδρὸς ἔπαισεν ἄφαντον ἕρμα.

καὶ πρὸ μέν τι χρημάτων

κτησίων ὄκνος βαλὼν

σφενδόνας ἀπ᾽ εὐμέτρου, 1010

οὐκ ἔδυ πρόπας δόμος

πημονᾶς γέμων ἄγαν,

οὐδ᾽ ἐπόντισε σκάφος.

정녕 제우스 신의 선물은 풍성하노니,
해마다 곡식을 거두게 하시고, 1015
기근의 재앙을 물리쳐 주신다네.

그러나 인간의 피가 대지를 적시고 나면,
어떤 마술로도 되돌릴 수 없나니. 1020
죽은 히폴뤼토스를 다시 살렸던
아스클레피오스조차도
제우스의 벼락을 맞았도다.

신이 부여한 운명을
거스를 수 있다면, 1025
내 혀가 앞질러
이 모든 두려움을
털어 놓으련만.
굴뚝같은 마음속은
불타오르지만, 1030
사전에 불운을 막을 희망도 없이,
괴로워하며, 어둠 속에서
혼자 중얼거린다오.

πολλά τοι δόσις ἐκ Διὸς ἀμφιλα-
φής τε καὶ ἐξ ἀλόκων ἐπετειᾶν 1015
νῆστιν ὤλεσεν νόσον.

Χορός

τὸ δ᾽ ἐπὶ γᾶν πεσὸν ἅπαξ θανάσιμον
πρόπαρ ἀνδρὸς μέλαν αἷμα τίς ἂν 1020
πάλιν ἀγκαλέσαιτ᾽ ἐπαείδων;
οὐδὲ τὸν ὀρθοδαῆ
τῶν φθιμένων ἀνάγειν
Ζεὺς ἀπέπαυσεν ἐπ᾽ εὐλαβείᾳ;
εἰ δὲ μὴ τεταγμένα 1025
μοῖρα μοῖραν ἐκ θεῶν
εἶργε μὴ πλέον φέρειν,
προφθάσασα καρδία
γλῶσσαν ἂν τάδ᾽ ἐξέχει.
νῦν δ᾽ ὑπὸ σκότῳ βρέμει 1030
θυμαλγής τε καὶ οὐδὲν ἐπελπομέν-
α ποτὲ καίριον ἐκτολυπεύσειν
ζωπυρουμένας φρενός.

(클뤼타이메스트라 등장)

클뤼타이메스트라:

카산드라, 너도 안으로 들거라. 1035

제우스 신께서는 너에게 자비를 베푸시어

다른 노예들과 함께

집 안의 제단 성수를 맡도록 해주셨다.

자, 너무 거만 떨지 말고 마차에서 내리거라.

알크메네의 아들 헤라클레스도 1040

한때는 노예 신세가 되어 별수 없이

노예의 음식을 먹었다고 하지.

어차피 이런 운명이라면

대대로 부를 누려온 주인을 만난 것에 감사해야지.

뜻밖에 부자가 된 자들은 노예들에게

매사에 가혹하고 심지어 도를 지나칠 정도란다. 1045

그런데 우리 집에서는

관례에 합당한 대우를 해준단다.

코로스:

왕비께서는 말씀을 명확히 하신 것이니,

Κλυταιμήστρα

εἴσω κομίζου καὶ σύ, Κασάνδραν λέγω, 1035

ἐπεί σ᾽ ἔθηκε Ζεὺς ἀμηνίτως δόμοις

κοινωνὸν εἶναι χερνίβων, πολλῶν μέτα

δούλων σταθεῖσαν κτησίου βωμοῦ πέλας:

ἔκβαιν᾽ ἀπήνης τῆσδε, μηδ᾽ ὑπερφρόνει.

καὶ παῖδα γάρ τοί φασιν Ἀλκμήνης ποτὲ 1040

πραθέντα τλῆναι δουλίας μάζης τυχεῖν.

εἰ δ᾽ οὖν ἀνάγκη τῆσδ᾽ ἐπιρρέποι τύχης,

ἀρχαιοπλούτων δεσποτῶν πολλὴ χάρις.

οἳ δ᾽ οὔποτ᾽ ἐλπίσαντες ἤμησαν καλῶς,

ὠμοί τε δούλοις πάντα καὶ παρὰ στάθμην. 1045

ἔχεις παρ᾽ ἡμῶν οἷά περ νομίζεται.

Χορός

σοί τοι λέγουσα παύεται σαφῆ λόγον.

지금 당장은 복종하고 싶지 않겠지만,
운명에 붙들린 이상 순종하도록 하오.

클뤼타이메스트라:
알아들을 수 없는 1050
이방인의 말을 쓰지 않는다면,
말로 설득할 수 있을 텐데.

코로스:
왕비께서는 지금 상황에서
당신에게 최상의 대우를 해주시니,
마차에서 내려 순종하오.

클뤼타이메스트라:
밖에서 이 여자와 1055
이러고 있을 시간이 없어.

집 안에는 벌써 제의에 바칠 제물이
준비되어 있으니,
참여하려거든 지체하지 말거라.

ἐντός δ᾽ ἂν οὖσα μορσίμων ἀγρευμάτων

πείθοι᾽ ἄν, εἰ πείθοι᾽: ἀπειθοίης δ᾽ ἴσως.

Κλυταιμήστρα

ἀλλ᾽ εἴπερ ἐστι μὴ χελιδόνος δίκην 1050

ἀγνῶτα φωνὴν βάρβαρον κεκτημένη,

ἔσω φρενῶν λέγουσα πείθω νιν λόγῳ.

Χορός

ἕπου. τὰ λῷστα τῶν παρεστώτων λέγει.

πιθοῦ λιποῦσα τόνδ᾽ ἁμαξήρη θρόνον.

Κλυταιμήστρα

οὔτοι θυραίᾳ τῇδ᾽ ἐμοὶ σχολὴ πάρα 1055

τρίβειν: τὰ μὲν γὰρ ἑστίας μεσομφάλου

ἕστηκεν ἤδη μῆλα πρὸς σφαγὰς πάρος,

ὡς οὔποτ᾽ ἐλπίσασι τήνδ᾽ ἕξειν χάριν.

σὺ δ᾽ εἴ τι δράσεις τῶνδε, μὴ σχολὴν τίθει.

아직 내 말을 못 알아듣겠거든, 1060
말로 하지 말고 이방인들처럼 손짓이라도 하든지.

코로스:
그녀의 태도는 갓 잡혀 온 들짐승 같으니,
명확한 통역이 필요한 듯합니다.

클뤼타이메스트라:
아니, 제 정신이 아니겠지요, 비통한 마음뿐일 테니.
함락된 도시를 떠나 방금 이곳으로 왔으니,
격랑하는 피가 가라앉기 전에는 1065
재갈을 물 생각이 없겠지요.
더 이상 말을 말아야지,
모욕만 당할 뿐이니.

(클뤼타이메스트라 퇴장)

코로스:
불쌍하니 화내지는 않겠소.
자, 어서 내리시오, 불운한 여자여. 1070

εἰ δ᾽ ἀξυνήμων οὖσα μὴ δέχῃ λόγον, 1060
σὺ δ᾽ ἀντὶ φωνῆς φράζε καρβάνῳ χερί.

Χορός

ἑρμηνέως ἔοικεν ἡ ξένη τοροῦ
δεῖσθαι: τρόπος δὲ θηρὸς ὡς νεαιρέτου.

Κλυταιμήστρα

ἦ μαίνεταί γε καὶ κακῶν κλύει φρενῶν,
ἥτις λιποῦσα μὲν πόλιν νεαίρετον 1065
ἥκει, χαλινὸν δ᾽ οὐκ ἐπίσταται φέρειν,
πρὶν αἱματηρὸν ἐξαφρίζεσθαι μένος.
οὐ μὴν πλέω ῥίψασ᾽ ἀτιμασθήσομαι.

Χορός

ἐγὼ δ᾽, ἐποικτίρω γάρ, οὐ θυμώσομαι.
ἴθ᾽, ὦ τάλαινα, τόνδ᾽ ἐρημώσασ᾽ ὄχον, 1070

운명에 순종하고,

이 낯선 멍에를 받아들이도록 하시오.

카산드라:

아, 슬프고 슬프도다.

아폴론 신이시여, 아폴론 신이시여!

코로스:

어찌하여 아폴론 신을 부르며 슬퍼하오?

그분은 슬픈 만가와 어울리지 않는데 말이오. 1075

카산드라:

아, 슬프고 슬프도다.

아폴론 신이시여,

아폴론 신이시여!

코로스:

또 다시 불길한 목소리로 그분을 부르는구려.

그런데 그분께서는

통곡의 기도를 받지 않으실 텐데.

εἴκουσ᾽ ἀνάγκῃ τῇδε καίνισον ζυγόν.

Κασάνδρα

ὀτοτοτοῖ πόποι δᾶ.

Ὦπολλον Ὦπολλον.

Χορός

τί ταῦτ᾽ ἀνωτότυξας ἀμφὶ Λοξίου;

οὐ γὰρ τοιοῦτος ὥστε θρηνητοῦ τυχεῖν. 1075

Κασάνδρα

ὀτοτοτοῖ πόποι δᾶ.

Ὦπολλον Ὦπολλον.

Χορός

ἡ δ᾽ αὖτε δυσφημοῦσα τὸν θεὸν καλεῖ

οὐδὲν προσήκοντ᾽ ἐν γόοις παραστατεῖν.

(카산드라, 마차에서 내려 아폴론의 조각상으로 나아간다)

카산드라:

아폴론 신이시여, 아폴론 신이시여, 1080

길손의 신이여, 나의 파괴자여,

나를 두 번이나 완전히 파멸시키군요.

코로스:

자신의 불행에 대해 예언하려는 것 같은데,

노예가 된 영혼에도 예언의 능력은 건재하구려.

카산드라:

아폴론 신이시여, 아폴론 신이시여, 1085

길손의 신이여, 나의 파괴자여,

나를 어디로 인도하시나이까?

도대체 어떤 집으로?

코로스:

모른다면 말해주겠소, 아트레우스의 아들 집이오.

내 말을 못 믿는 건 아니겠죠?

Κασάνδρα

Ἄπολλον Ἄπολλον

ἀγυιᾶτ', ἀπόλλων ἐμός.

ἀπώλεσας γὰρ οὐ μόλις τὸ δεύτερον.

Χορός

χρήσειν ἔοικεν ἀμφὶ τῶν αὑτῆς κακῶν.

μένει τὸ θεῖον δουλίᾳ περ ἐν φρενί.

Κασάνδρα

Ἄπολλον Ἄπολλον

ἀγυιᾶτ', ἀπόλλων ἐμός.

ἆ ποῖ ποτ' ἤγαγές με; πρὸς ποίαν στέγην;

Χορός

πρὸς τὴν Ἀτρειδῶν: εἰ σὺ μὴ τόδ' ἐννοεῖς,

ἐγὼ λέγω σοι: καὶ τάδ' οὐκ ἐρεῖς ψύθη.

카산드라:

신을 저버린 불경한 집,

도살장 같은 집, 1090

친족을 살해하고,

피가 바닥을 적시도록

수많은 살육이 자행된 집이로다.

코로스:

이방인이 개처럼 냄새를 잘 맡는구려,

피 냄새를 찾아 뒤쫓으니 말이오.

카산드라:

여기 신뢰할 만한 증거가 있소. 1095

보시오, 여기 자신들이 살육되었다고

슬피 우는 애기들이 있소,

아비가 자식을 구워 먹었도다.

코로스:

당신이 예언을 잘한다는 명성은 우리도 들었소,

한데 우리가 필요한 것은 예언자가 아니오.

Κασάνδρα

μισόθεον μὲν οὖν, πολλὰ συνίστορα 1090

αὐτόφονα κακὰ καρατόμα,

ἀνδροσφαγεῖον καὶ πεδορραντήριον.

Χορός

ἔοικεν εὔρις ἡ ξένη κυνὸς δίκην

εἶναι, ματεύει δ' ὧν ἀνευρήσει φόνον.

Κασάνδρα

μαρτυρίοισι γὰρ τοῖσδ' ἐπιπείθομαι: 1095

κλαιόμενα τάδε βρέφη σφαγάς,

ὀπτάς τε σάρκας πρὸς πατρὸς βεβρωμένας.

Χορός

τὸ μὲν κλέος σοῦ μαντικὸν πεπυσμένοι

ἦμεν: προφήτας δ' οὔτινας ματεύομεν.

카산드라:

아, 그녀가 무슨 음모를 꾸미고 있는가? 1100

이 무슨 새로운 불행이란 말인가?

이 집 안에서 너무나 끔찍한 악행,

사랑하는 이를 죽이는,

도저히 구원받을 수 없는 악행이 도사리고 있구나.

하지만 구원의 손길은 너무 멀도다.

코로스:

앞서 한 말이라면 나도 알고 있소,

온 도시가 떠드는 말이니. 1105

그런데 지금 이 예언은 도대체 무슨 말이오?

카산드라:

오, 사악한 여자로다! 이런 짓을 하려 하다니!

잠자리를 같이 하는 남편을 욕조에서 씻긴 뒤에,

무슨 짓을 하려고?

차마 입에 담을 수 없도다.

곧 끝장나겠군! 1110

벌써 손을 내밀어 뻗치고 있네.

Κασάνδρα

ἰὼ πόποι, τί ποτε μήδεται; 1100

τί τόδε νέον ἄχος μέγα

μέγ᾽ ἐν δόμοισι τοῖσδε μήδεται κακὸν

ἄφερτον φίλοισιν, δυσίατον; ἀλκὰ δ᾽

ἑκὰς ἀποστατεῖ.

Χορός

τούτων ἄιδρίς εἰμι τῶν μαντευμάτων. 1105

ἐκεῖνα δ᾽ ἔγνων: πᾶσα γὰρ πόλις βοᾷ.

Κασάνδρα

ἰὼ τάλαινα, τόδε γὰρ τελεῖς,

τὸν ὁμοδέμνιον πόσιν

λουτροῖσι φαιδρύνασα—πῶς φράσω τέλος;

τάχος γὰρ τόδ᾽ ἔσται: προτείνει δὲ χεὶρ ἐκ 1110

χερὸς ὀρέγματα.

코로스:

아직 무슨 말인지 모르겠구려.
수수께끼 같은 이야기가
모호한 신탁처럼 나를 어리둥절하게 하구려.

카산드라:

아, 아, 저기 보이는 것은 뭐지?
죽음의 그물인가?
아니, 잠자리를 같이하는 남편을 1115
살해하는 데 이용될 덫이로구나.
이 가문에 깃든 씻을 수 없는 원혼들이
이 살인을 보고 기뻐하며 환성을 지르리라!

코로스:

복수의 여신들에게 이 집을 보고 환호하라니,
도대체 무슨 소리요? 꺼림칙하구려. 1120
놀라서 노래진 피가 내 심장을 두드리는구려.
이렇게 노란 피는 창에 맞아 쓰러진 자들에게,
꺼져가는 생명에게나 어울리는 법.
그 다음 순간은 죽음이라오.

Χορός

οὔπω ξυνῆκα: νῦν γὰρ ἐξ αἰνιγμάτων

ἐπαργέμοισι θεσφάτοις ἀμηχανῶ.

Κασάνδρα

ἒ ἕ, παπαῖ παπαῖ, τί τόδε φαίνεται;

ἦ δίκτυόν τί γ' Ἅιδου; 1115

ἀλλ' ἄρκυς ἡ ξύνευνος, ἡ ξυναιτία

φόνου. στάσις δ' ἀκόρετος γένει

κατολολυξάτω θύματος λευσίμου.

Χορός

ποίαν Ἐρινὺν τήνδε δώμασιν κέλῃ

ἐπορθιάζειν; οὔ με φαιδρύνει λόγος. 1120

ἐπὶ δὲ καρδίαν ἔδραμε κροκοβαφὴς

σταγών, ἅτε καιρία πτώσιμος

ξυνανύτει βίου δύντος αὐγαῖς:

ταχεῖα δ' ἄτα πέλει.

카산드라:

아, 아, 보세요, 저기! 1125

암소에게서 황소를 떼어 놓으시오!

그녀가 외투로 그를 덮어 싸고,

검은 뿔 달린 흉기로 내리치니,

물이 담긴 욕조 속으로 쓰러지네요.

지금 욕조에서 반역적 살인이 자행됐소.

코로스:

내가 예언을 잘 해석한다고 자랑할 수는 없지만, 1130

이건 아무래도 불길하구려.

그런데 언제 신탁이

반가운 소식을 전해준 적이 있었소?

떠벌이 점쟁이들이 예언이랍시고

불길한 말로 사람들에게 공포를 조장한다오. 1135

카산드라:

아, 아, 불행한 내 운명이여!

마지막 잔을 채우며 불운을 슬퍼하도다.

이 가엾은 여인을 뭣 하러 여기로 데려왔나이까?

Κασάνδρα

ἆ ἆ, ἰδοὺ ἰδού: ἄπεχε τῆς βοὸς 1125

τὸν ταῦρον: ἐν πέπλοισι

μελαγκέρῳ λαβοῦσα μηχανήματι

τύπτει: πίτνει δ᾽ ἐν ἐνύδρῳ τεύχει.

δολοφόνου λέβητος τύχαν σοι λέγω.

Χορός

οὐ κομπάσαιμ᾽ ἂν θεσφάτων γνώμων ἄκρος 1130

εἶναι, κακῷ δέ τῳ προσεικάζω τάδε.

ἀπὸ δὲ θεσφάτων τίς ἀγαθὰ φάτις

βροτοῖς τέλλεται; κακῶν γὰρ διαὶ

πολυεπεῖς τέχναι θεσπιῳδὸν

φόβον φέρουσιν μαθεῖν. 1135

Κασάνδρα

ἰὼ ἰὼ ταλαίνας κακόποτμοι τύχαι:

τὸ γὰρ ἐμὸν θροῶ πάθος ἐπεγχύδαν.

ποῖ δή με δεῦρο τὴν τάλαιναν ἤγαγες;

결국 같이 죽으려고? 또 다른 이유가 있소?

코로스:

신이 들려 제 정신이 아니오. 1140

자신의 운명을 슬픈 곡조로 노래하는구려.

슬픔을 멈추지 못해 가슴속 슬픔을

일평생 노래하는 나이팅게일 새처럼,

"이튀스, 이튀스!" 하며

탄식하고 있구려. 1145

카산드라:

아, 나이팅게일 새의 슬픈 운명이여!

신들께서는 아름다운 날개와 눈물 없는

행복한 삶을 나이팅게일 새에게 주셨지만,

이제 기다리는 것은 죽음의 쌍날칼이로다.

코로스:

도대체 이런 헛된 고통을 주는 1150

예언의 출처가 어디란 말이오?

οὐδέν ποτ᾽ εἰ μὴ ξυνθανουμένην. τί γάρ;

Χορός

φρενομανής τις εἶ θεοφόρητος, ἀμ- 1140

φὶ δ᾽ αὑτᾶς θροεῖς

νόμον ἄνομον, οἷά τις ξουθὰ

ἀκόρετος βοᾶς, φεῦ, ταλαίναις φρεσίν

Ἴτυν Ἴτυν στένουσ᾽ ἀμφιθαλῆ κακοῖς

ἀηδὼν βίον. 1145

Κασάνδρα

ἰὼ ἰὼ λιγείας μόρον ἀηδόνος:

περέβαλον γάρ οἱ πτεροφόρον δέμας

θεοὶ γλυκύν τ᾽ αἰῶνα κλαυμάτων ἄτερ:

ἐμοὶ δὲ μίμνει σχισμὸς ἀμφήκει δορί.

Χορός

πόθεν ἐπισσύτους θεοφόρους τ᾽ ἔχεις 1150

ματαίους δύας,

왜 불행한 예언으로 가득 찬,

이토록 끔직한 노래를 부르는 거요?

불행한 예언의 노래를

대체 어떻게 배웠소? 1155

카산드라:

오, 결혼이여,

파리스의 결혼이여,

친척들에게 파멸을 안겨주었도다!

아, 가련한 내 신세,

내 고국의 강물 스카만드로스여!

지난 날 그 강가에서 나고 자랐건만,

이제 저승 코퀴토스 강과

아케론 강 언덕에서 1160

예언의 노래를 부르겠구나.

코로스:

그토록 알기 쉽게 말하니

어린애라도 알아들을 수 있겠소만,

어찌하여 그런 노래를 하오?

τὰ δ᾽ ἐπίφοβα δυσφάτῳ κλαγγᾷ

μελοτυπεῖς ὁμοῦ τ᾽ ὀρθίοις ἐν νόμοις;

πόθεν ὅρους ἔχεις θεσπεσίας ὁδοῦ

κακορρήμονας; 1155

Κασάνδρα

ἰὼ γάμοι γάμοι Πάριδος ὀλέθριοι φίλων.

ἰὼ Σκαμάνδρου πάτριον ποτόν.

τότε μὲν ἀμφὶ σὰς ἀϊόνας τάλαιν᾽

ἠνυτόμαν τροφαῖς:

νῦν δ᾽ ἀμφὶ Κωκυτόν τε κἀχερουσίους 1160

ὄχθας ἔοικα θεσπιῳδήσειν τάχα.

Χορός

τί τόδε τορὸν ἄγαν ἔπος ἐφημίσω;

νεόγονος ἂν ἀΐων μάθοι.

듣기에도 가슴이 아픈 그 애절한 노래,
그 잔혹한 운명 때문에 1165
이 마음에 고통이 너무 크구려.

카산드라:
오, 아픔이여,
완전히 멸망한 도시의 아픔이여!
아버지께서는 도시의 평안을 기원하며
수많은 가축을 제물로 드렸건만!
이 고통에서 도시를 구하지 못했도다. 1170
불타는 내 영혼
또한 머지않아 땅에 꼬꾸라지리라.

코로스:
앞서 한 말과 똑같은 말로
계속하는 것을 보니, 분명히
어떤 사악한 영이 당신을 무겁게 짓누르며, 1175
죽음으로 가득한 슬픔을 노래하게 하구려.
그런데 그 끝이 어딘지
나로서는 알 길이 없구려.

πέπληγμαι δ᾽ ὑπαὶ δάκει φοινίῳ

δυσαλγεῖ τύχᾳ μινυρὰ κακὰ θρεομένας, 1165

θραύματ᾽ ἐμοὶ κλύειν.

Κασάνδρα

ἰὼ πόνοι πόνοι πόλεος ὀλομένας τὸ πᾶν.

ἰὼ πρόπυργοι θυσίαι πατρὸς

πολυκανεῖς βοτῶν ποιονόμων: ἄκος δ᾽

οὐδὲν ἐπήρκεσαν 1170

τὸ μὴ πόλιν μὲν ὥσπερ οὖν ἔχει παθεῖν.

ἐγὼ δὲ θερμόνους τάχ᾽ ἐν πέδῳ βαλῶ.

Χορός

ἑπόμενα προτέροισι τάδ᾽ ἐφημίσω.

καί τίς σε κακοφρονῶν τίθη-

σι δαίμων ὑπερβαρὴς ἐμπίτνων 1175

μελίζειν πάθη γοερὰ θανατοφόρα.

τέρμα δ᾽ ἀμηχανῶ.

카산드라:

자, 이제 내 예언은 새 신부처럼 면사포 사이로
살짝 내보이는 것이 아니라,
환하게 떠오르는 태양을 향해 부는 세찬 바람처럼, 1180
엄청난 슬픔이 되어 파도처럼 밀려들 겁니다.
이제 더 이상 수수께끼 같은 말로 하지 않겠소.
그리고 먼 옛날 이 가문에서 저질러졌던 악행의 자국을
내가 지금 찾아내면 여러분은 내 증인이 되어 주오. 1185

합창을 해대는 복수의 여신들이
결코 이 집을 떠나지 않고 있구려.
화음도 맞지 않고, 좋은 말도 없네요.
그들은 인간의 피를 포식하며 점점 대담해졌어요.
흥청망청 먹고 마시는 식객처럼 한 패거리가 되어
이 집을 괴롭히는데, 내쫓기도 힘들지요. 1190
방들을 차지하고는, 조상 대대의 악령에 사로잡힌
죄악을 노래하고 있네요.
그들은 차례로 돌아가며 저주를 하네요.
형의 침상을 더럽힌 튀에스테스를 증오하며 저주하네요.
제 말이 틀렸나요? 아니면 노련한 궁수 같은가요?

Κασάνδρα

καὶ μὴν ὁ χρησμὸς οὐκέτ᾽ ἐκ καλυμμάτων

ἔσται δεδορκὼς νεογάμου νύμφης δίκην:

λαμπρὸς δ᾽ ἔοικεν ἡλίου πρὸς ἀντολὰς 1180

πνέων ἐσᾴξειν, ὥστε κύματος δίκην

κλύζειν πρὸς αὐγὰς τοῦδε πήματος πολὺ

μεῖζον: φρενώσω δ᾽ οὐκέτ᾽ ἐξ αἰνιγμάτων.

καὶ μαρτυρεῖτε συνδρόμως ἴχνος κακῶν

ῥινηλατούσῃ τῶν πάλαι πεπραγμένων. 1185

τὴν γὰρ στέγην τήνδ᾽ οὔποτ᾽ ἐκλείπει χορὸς

ξύμφθογγος οὐκ εὔφωνος: οὐ γὰρ εὖ λέγει.

καὶ μὴν πεπωκώς γ᾽, ὡς θρασύνεσθαι πλέον,

βρότειον αἷμα κῶμος ἐν δόμοις μένει,

δύσπεμπτος ἔξω, συγγόνων Ἐρινύων. 1190

ὑμνοῦσι δ᾽ ὕμνον δώμασιν προσήμεναι

πρώταρχον ἄτην: ἐν μέρει δ᾽ ἀπέπτυσαν

εὐνὰς ἀδελφοῦ τῷ πατοῦντι δυσμενεῖς.

아니면 떠돌이 수다쟁이, 엉터리 예언자인가요?
이 집안의 해묵은 죄악을
내가 죄다 꿰뚫어본다는 사실에 대해 1195
맹세하며 증인이 되어 주시오.

코로스:
이제 와서 아무리 굳게 맹세한들
무슨 도움이 되겠소?
하지만 저 멀리 바다 건너에서 자란 이가
마치 이곳에 있었던 것처럼, 1200
사실을 말하니 놀랍구려.

카산드라:
예언의 신 아폴론께서 그런 능력을 주셨지요.

코로스:
신이신 그분께서 당신을 그토록 사랑하셨소?

카산드라:
전에는 이런 말 하는 것을 창피하게 여겼는데.

ἥμαρτον, ἢ θηρῶ τι τοξότης τις ὥς;
ἢ ψευδόμαντίς εἰμι θυροκόπος φλέδων; 1195
ἐκμαρτύρησον προυμόσας τό μ᾽ εἰδέναι
λόγῳ παλαιὰς τῶνδ᾽ ἁμαρτίας δόμων.

Χορός

καὶ πῶς ἂν ὅρκος, πῆγμα γενναίως παγέν,
παιώνιον γένοιτο; θαυμάζω δέ σου,
πόντου πέραν τραφεῖσαν ἀλλόθρουν πόλιν 1200
κυρεῖν λέγουσαν, ὥσπερ εἰ παρεστάτεις.

Κασάνδρα

μάντις μ᾽ Ἀπόλλων τῷδ᾽ ἐπέστησεν τέλει.

Χορός

μῶν καὶ θεός περ ἱμέρῳ πεπληγμένος;

Κασάνδρα

προτοῦ μὲν αἰδὼς ἦν ἐμοὶ λέγειν τάδε.

코로스:

만사형통할 때는 모두가 젠체하기 마련이지요. 1205

카산드라:

그분은 나를 차지하려 열렬히 사랑을 쏟아냈지요.

코로스:

그렇다면 아이도 낳았나요?

카산드라:

약속은 했으나 제가 아폴론을 거짓말로 속였지요.

코로스:

그때는 이미 예언의 능력을 받은 뒤였죠?

카산드라:

이미 모든 닥쳐올 재앙을 예언한 이후이지요. 1210

코로스:

그렇다면 그분의 노여움을 어떻게 피했죠?

Χορός

ἁβρύνεται γὰρ πᾶς τις εὖ πράσσων πλέον. 1205

Κασάνδρα

ἀλλ' ἦν παλαιστὴς κάρτ' ἐμοὶ πνέων χάριν.

Χορός

ἦ καὶ τέκνων εἰς ἔργον ἤλθετον νόμῳ;

Κασάνδρα

ξυναινέσασα Λοξίαν ἐψευσάμην.

Χορός

ἤδη τέχναισιν ἐνθέοις ᾑρημένη;

Κασάνδρα

ἤδη πολίταις πάντ' ἐθέσπιζον πάθη. 1210

Χορός

πῶς δῆτ' ἄνατος ἦσθα Λοξίου κότῳ;

카산드라:

그 죄로 인해, 사람들은 내 예언을 믿지 않게 되었죠.

코로스:

하지만 우리에게는 당신의 예언이 진실처럼 보이오.

카산드라:

아, 오, 이 고통!

예언의 무서운 고통이 1215

또 다시 불행의 징조로 나를 엄습하도다.

저기를 보시오,

어린아이들이 꿈속의 환영처럼 집 앞에 앉아 있소.

자신의 혈족에게 살해된 아이들 같은데,

손에는 그들 자신의 살덩어리가 들려 있구려. 1220

그들의 아버지가 먹어 치운 내장을

들고 있는 모습도 보이네요.

침상에서 빈둥거리는 겁쟁이 수사자 같은

아이기스토스가, 복수의 음모를 꾸미며,

내 주인이 돌아오기를 기다리고 있어요. 1225

Κασάνδρα

ἔπειθον οὐδέν' οὐδέν, ὡς τάδ' ἤμπλακον.

Χορός

ἡμῖν γε μὲν δὴ πιστὰ θεσπίζειν δοκεῖς.

Κασάνδρα

ἰοὺ ἰού, ὢ ὢ κακά.

ὑπ' αὖ με δεινὸς ὀρθομαντείας πόνος 1215

στροβεῖ ταράσσων φροιμίοις δυσφροιμίοις.

ὁρᾶτε τούσδε τοὺς δόμοις ἐφημένους

νέους, ὀνείρων προσφερεῖς μορφώμασιν;

παῖδες θανόντες ὡσπερεὶ πρὸς τῶν φίλων,

χεῖρας κρεῶν πλήθοντες οἰκείας βορᾶς, 1220

σὺν ἐντέροις τε σπλάγχν', ἐποίκτιστον γέμος,

πρέπουσ' ἔχοντες, ὧν πατὴρ ἐγεύσατο.

ἐκ τῶνδε ποινὰς φημὶ βουλεύειν τινὰ

λέοντ' ἄναλκιν ἐν λέχει στρωφώμενον

οἰκουρόν, οἴμοι, τῷ μολόντι δεσπότῃ 1225

그렇지, 내 주인,
내가 노예의 멍에를 져야 하니 내 주인이 맞지요.
함대의 사령관이요 트로이아의 정복자인 그분은
대체 무슨 일이 일어날지 모르고 있어요.
사악한 암캐의 혓바닥이,
가증스런 파멸의 신 아떼처럼.
반가운 척하며 그의 손을 핥고 있네요. 1230
아내 된 여자가 남편을 살해하오,
정말 뻔뻔한 여자군요.
도대체 어떤 사악한 괴물의 이름이 어울릴까요?
쌍두사 암피스바이나?
아니면 뱃사람을 잡아먹는 암초의 스퀼라?
남편에게 잔인한 전쟁을 걸어오는 지옥의 마녀? 1235
참 대담무쌍한 여자로다.
그리스 연합군이 역전할 때, 승리의 환호성을 지르며,
그의 안전한 귀가를 반기는 척하였도다!
이 말을 믿든 안 믿든, 그래요.
일어날 일은 일어나기 마련이니.
곧 여기 계신 여러분이 저를 연민하며 1240
너무나 진실한 예언자라 부르겠지요.

ἐμῷ: φέρειν γὰρ χρὴ τὸ δούλιον ζυγόν:
νεῶν τ' ἄπαρχος Ἰλίου τ' ἀναστάτης
οὐκ οἶδεν οἷα γλῶσσα μισητῆς κυνὸς
λείξασα κἀκτείνασα φαιδρὸν οὖς, δίκην
Ἄτης λαθραίου, τεύξεται κακῇ τύχῃ. 1230
τοιάδε τόλμα: θῆλυς ἄρσενος φονεὺς
ἔστιν. τί νιν καλοῦσα δυσφιλὲς δάκος
τύχοιμ' ἄν; ἀμφίσβαιναν, ἢ Σκύλλαν τινὰ
οἰκοῦσαν ἐν πέτραισι, ναυτίλων βλάβην,
θύουσαν Ἅιδου μητέρ' ἄσπονδόν τ' Ἄρη 1235
φίλοις πνέουσαν; ὡς δ' ἐπωλολύξατο
ἡ παντότολμος, ὥσπερ ἐν μάχης τροπῇ,
δοκεῖ δὲ χαίρειν νοστίμῳ σωτηρίᾳ.
καὶ τῶνδ' ὅμοιον εἴ τι μὴ πείθω: τί γάρ;
τὸ μέλλον ἥξει. καὶ σύ μ' ἐν τάχει παρὼν 1240
ἄγαν γ' ἀληθόμαντιν οἰκτίρας ἐρεῖς.

코로스:

제 자식들의 살을 먹은 튀에스테스의 잔치라면

나도 알고 있소, 정말 끔찍하지요.

그럴싸한 말로 결코 흉내 낼 수 없는,

진실을 직접 들으니 정녕 공포가 엄습하는구려.

그런데 다른 이야기는

무슨 말인지 이해할 수 없구려. 1245

카산드라:

죽은 아가멤논 왕을 보게 될 겁니다.

코로스:

불운한 여자여, 그런 불길한 말은 하지 마오.

카산드라:

그 악행에는 치유의 신 아폴론도 손을 쓸 수 없다오.

코로스:

그것이 운명이라면 어쩔 수 없겠지만,

부디 그런 일이 일어나지 말았으면 좋겠소.

Χορός

τὴν μὲν Θυέστου δαῖτα παιδείων κρεῶν

ξυνῆκα καὶ πέφρικα, καὶ φόβος μ᾽ ἔχει

κλύοντ᾽ ἀληθῶς οὐδὲν ἐξῃκασμένα.

τὰ δ᾽ ἄλλ᾽ ἀκούσας ἐκ δρόμου πεσὼν τρέχω. 1245

Κασάνδρα

Ἀγαμέμνονός σέ φημ᾽ ἐπόψεσθαι μόρον.

Χορός

εὔφημον, ὦ τάλαινα, κοίμησον στόμα.

Κασάνδρα

ἀλλ᾽ οὔτι παιὼν τῷδ᾽ ἐπιστατεῖ λόγῳ.

Χορός

οὔκ, εἴπερ ἔσται γ᾽: ἀλλὰ μὴ γένοιτό πως.

카산드라:

그렇게 기도할지라도, 그 살인은 일어날 것이오. 1250

코로스:

도대체 어떤 놈이 그런 사악한 짓을 저지르려 하오?

카산드라:

내 예언을 알아듣지 못하는 게 분명하군요.

코로스:

이 음모를 꾸미는 자의 계획을 모르겠소.

카산드라:

나도 헬라어를 잘 알아듣는데…

코로스:

델포이 신탁도 헬라어이지만, 이해하기 어렵소. 1255

카산드라:

오, 오, 불길이 나를 엄습하구려!

Κασάνδρα

σὺ μὲν κατεύχῃ, τοῖς δ᾽ ἀποκτείνειν μέλει. 1250

Χορός

τίνος πρὸς ἀνδρὸς τοῦτ᾽ ἄγος πορσύνεται;

Κασάνδρα

ἦ κάρτα τἄρ᾽ ἂν παρεκόπης χρησμῶν ἐμῶν

Χορός

τοῦ γὰρ τελοῦντος οὐ ξυνῆκα μηχανήν.

Κασάνδρα

καὶ μὴν ἄγαν γ᾽ Ἕλλην᾽ ἐπίσταμαι φάτιν.

Χορός

καὶ γὰρ τὰ πυθόκραντα: δυσμαθῆ δ᾽ ὅμως. 1255

Κασάνδρα

παπαῖ, οἷον τὸ πῦρ: ἐπέρχεται δέ μοι.

슬프고도 슬프도다! 아폴론 신이시여,
불쌍히 여기소서!
고귀한 수사자가 집을 비운 사이 늑대와 바람이 난,
두 발 달린 암사자가 이 불쌍한 나를 죽이려 하오. 1260
그녀는 독을 품고 남편에게 칼을 갈면서,
나를 데려온 것에 죽음의 복수를 하겠노라며
나까지 죽이려 해요.
그런데 조롱거리로 전락한 주제에 무엇 때문에
이따위 지팡이와 예언자의 목걸이를 걸고 있는가? 1265

(지팡이를 부러뜨리고, 목걸이를 바닥에 내던져 밟는다)

죽기 전에 이것들이라도 부수어 놓으리라.
부서져라! 이렇게라도 화풀이를 해야지.
다른 이들이나 불행으로 채워주려무나.
이제, 아폴론 신이 내게서 예언의 옷을 벗게 하오. 1270
제가 이 옷을 입은 채로
친구들에게 조롱당하는 것을 그분은 보았답니다.
떠돌이 돌팔이 예언자처럼,
굶주린 불쌍한 거지라고 불리어도 꾹 참았지요.

ὀτοτοῖ, Λύκει᾽ Ἄπολλον, οἳ ἐγὼ ἐγώ.
αὕτη δίπους λέαινα συγκοιμωμένη
λύκῳ, λέοντος εὐγενοῦς ἀπουσίᾳ,
κτενεῖ με τὴν τάλαιναν: ὡς δὲ φάρμακον 1260
τεύχουσα κἀμοῦ μισθὸν ἐνθήσειν κότῳ
ἐπεύχεται, θήγουσα φωτὶ φάσγανον
ἐμῆς ἀγωγῆς ἀντιτείσασθαι φόνον.
τί δῆτ᾽ ἐμαυτῆς καταγέλωτ᾽ ἔχω τάδε,
καὶ σκῆπτρα καὶ μαντεῖα περὶ δέρῃ στέφη; 1265
σὲ μὲν πρὸ μοίρας τῆς ἐμῆς διαφθερῶ.
ἴτ᾽ ἐς φθόρον: πεσόντα γ᾽ ὧδ᾽ ἀμείβομαι.
ἄλλην τιν᾽ ἄτης ἀντ᾽ ἐμοῦ πλουτίζετε.
ἰδοὺ δ᾽ Ἀπόλλων αὐτὸς ἐκδύων ἐμὲ
χρηστηρίαν ἐσθῆτ᾽, ἐποπτεύσας δέ με 1270
κἀν τοῖσδε κόσμοις καταγελωμένην μέγα
φίλων ὑπ᾽ ἐχθρῶν οὐ διχορρόπως, μάτην—
καλουμένη δὲ φοιτὰς ὡς ἀγύρτρια
πτωχὸς τάλαινα λιμοθνὴς ἠνεσχόμην—

그런데 이제는 예언의 신
그분이 예언자인 나를 파멸시키며 1275
이런 죽음으로 내몰았어요.
아버지의 제단 대신 단두대가 기다려요.
그 단두대가 곧 내 피로 붉게 물들 것이오.
그러나 신들은 반드시 우리의 죽음을
복수해 주실 겁니다.
우리의 원수를 갚아줄 자가 올 것이니, 1280
어미를 죽여 아버지의 원수를 갚을 자식이랍니다.
고국을 떠나 떠도는 유랑자인 그가 돌아와
이 집안의 모든 악행에 종지부를 찍게 될 것입니다.
살해당한 아버지의 시신이 그 자식을 고향으로
불러들일 것이라고 신들이 맹세했답니다. 1285
그런데 내가 왜 이렇게 슬피 울고 있지?
트로이아가 그렇게 종말을 고하는 것을 보았고,
또 그 정복자들도 신들의 심판에 의해
이렇게 종말을 고하는 것도 보는데,
나도 운명을 받아들여야지. 1290
담담하게 죽음을 받아들여야지.
여기 이 문을 저승 문으로 알고 인사해야지.

καὶ νῦν ὁ μάντις μάντιν ἐκπράξας ἐμὲ 1275

ἀπήγαγ᾽ ἐς τοιάσδε θανασίμους τύχας.

βωμοῦ πατρῴου δ᾽ ἀντ᾽ ἐπίξηνον μένει,

θερμῷ κοπείσης φοινίῳ προσφάγματι.

οὐ μὴν ἄτιμοί γ᾽ ἐκ θεῶν τεθνήξομεν.

ἥξει γὰρ ἡμῶν ἄλλος αὖ τιμάορος, 1280

μητροκτόνον φίτυμα, ποινάτωρ πατρός:

φυγὰς δ᾽ ἀλήτης τῆσδε γῆς ἀπόξενος

κάτεισιν, ἄτας τάσδε θριγκώσων φίλοις:

ὀμώμοται γὰρ ὅρκος ἐκ θεῶν μέγας,

ἄξειν νιν ὑπτίασμα κειμένου πατρός. 1285

τί δῆτ᾽ ἐγὼ κάτοικτος ὧδ᾽ ἀναστένω;

ἐπεὶ τὸ πρῶτον εἶδον Ἰλίου πόλιν

πράξασαν ὡς ἔπραξεν, οἳ δ᾽ εἷλον πόλιν

οὕτως ἀπαλλάσσουσιν ἐν θεῶν κρίσει,

ἰοῦσα πράξω: τλήσομαι τὸ κατθανεῖν. 1290

Ἅιδου πύλας δὲ τάσδ᾽ ἐγὼ προσεννέπω:

ἐπεύχομαι δὲ καιρίας πληγῆς τυχεῖν,

부디 단칼에 피를 쏟으며,
고통 없이 편히 눈을 감게 해주소서!

코로스:
오, 정녕 가련한 여인,
하지만 정녕 지혜로운 여인, 1295
당신은 많은 이야기를 했소.
그런데 정말 자신의 죽음을 안다면,
어떻게 신에게 끌려가는 소처럼,
그토록 담담하게 제단을 향해 나아간단 말이오?

카산드라:
피할 길도, 피할 시간도 없어요.

코로스:
하지만 마지막은 가장 소중한 시간이니,
어서 서둘러 묘책을 찾아보구려. 1300

카산드라:
이미 그날이 왔어요, 도망쳐도 득 될게 없어요.

ὡς ἀσφάδαστος, αἱμάτων εὐθνησίμων

ἀπορρυέντων, ὄμμα συμβάλω τόδε.

Χορός

ὦ πολλὰ μὲν τάλαινα, πολλὰ δ᾽ αὖ σοφὴ 1295

γύναι, μακρὰν ἔτεινας. εἰ δ᾽ ἐτητύμως

μόρον τὸν αὑτῆς οἶσθα, πῶς θεηλάτου

βοὸς δίκην πρὸς βωμὸν εὐτόλμως πατεῖς;

Κασάνδρα

οὐκ ἔστ᾽ ἄλυξις, οὔ, ξένοι, χρόνον πλέω.

Χορός

ὁ δ᾽ ὕστατός γε τοῦ χρόνου πρεσβεύεται, 1300

Κασάνδρα

ἥκει τόδ᾽ ἦμαρ: σμικρὰ κερδανῶ φυγῇ.

코로스:

당신은 정말 고결하게 고통을 감내하는군요.

카산드라:

행복한 사람에게는 그런 칭찬이 필요 없지요.

코로스:

그래도 고결하게 죽는 것은 축복이지요.

카산드라:

오, 불쌍한 내 아버지, 불쌍한 그의 자식들이여. 1305

(놀라서 뒷걸음친다.)

코로스:

왜 그러시오?

뭣이 무서워 뒷걸음치는 거요?

카산드라:

아, 슬프도다!

Χορός

ἀλλ᾽ ἴσθι τλήμων οὖσ᾽ ἀπ᾽ εὐτόλμου φρενός.

Κασάνδρα

οὐδεὶς ἀκούει ταῦτα τῶν εὐδαιμόνων.

Χορός

ἀλλ᾽ εὐκλεῶς τοι κατθανεῖν χάρις βροτῷ.

Κασάνδρα

ἰὼ πάτερ σοῦ σῶν τε γενναίων τέκνων. 1305

Χορός

τί δ᾽ ἐστὶ χρῆμα; τίς σ᾽ ἀποστρέφει φόβος;

Κασάνδρα

φεῦ φεῦ.

코로스:

왜 그러시오?

공포의 환영을 보았소?

카산드라:

이 집이 살인의 피 비린내를 내뿜고 있어요.

코로스:

뭐라고요? 부엌에서 나오는 제물 냄새겠지요. 1310

카산드라:

이것은 무덤에서 나는 냄새요.

코로스:

이 집을 가득 채우는 것은 쉬리아산 향료 냄새일 텐데.

카산드라:

자, 이제 집 안으로 들어가서

내 자신의 운명과 아가멤논 왕의

운명을 애도하겠소. 살 만큼 살았으니, 이제 그만. 1315

Χορός

τί τοῦτ᾽ ἔφευξας; εἴ τι μὴ φρενῶν στύγος.

Κασάνδρα

φόνον δόμοι πνέουσιν αἱματοσταγῆ,

Χορός

καί πῶς;τόδ᾽ ὄζει θυμάτων ἐφεστίων. 1310

Κασάνδρα

ὅμοιος ἀτμὸς ὥσπερ ἐκ τάφου πρέπει,

Χορός

οὐ Σύριον ἀγλάισμα δώμασιν λέγεις.

Κασάνδρα

ἀλλ᾽ εἶμι κἀν δόμοισι κωκύσουσ᾽ ἐμὴν

Ἀγαμέμνονός τε μοῖραν. ἀρκείτω βίος.

ἰὼ ξένοι, 1315

(놀라며 걸음을 되돌린다.)

아, 덤불을 겁내는 새처럼
결코 헛되이 소리 지르는 게 아니오.
여자인 나로 인하여 한 여자가 죽고,
불운한 결혼을 한 사내로 인하여
한 사내가 죽는다오.
이제 나의 때가 왔으니, 부디
이 예언의 증인이 되어 주오. 부탁드리오. 1320

코로스:
불쌍한 여인이여, 당신의 죽음이 안타깝구려.

카산드라:
한마디만 더 하겠소, 나를 위한 만가는 아니오.
이 마지막 햇빛을 맞으며 태양신께 빌겠어요.
왕의 죽음을 복수할 때,
동시에 노예인 가엾은 나의 죽음에도
복수해 주도록 말이오. 1325
아, 불쌍하도다, 인간의 운명이여!

οὔτοι δυσοίζω θάμνον ὡς ὄρνις φόβῳ
ἄλλως: θανούσῃ μαρτυρεῖτέ μοι τόδε,
ὅταν γυνὴ γυναικὸς ἀντ᾽ ἐμοῦ θάνῃ,
ἀνήρ τε δυσδάμαρτος ἀντ᾽ ἀνδρὸς πέσῃ.
ἐπιξενοῦμαι ταῦτα δ᾽ ὡς θανουμένη. 1320

Χορός

ὦ τλῆμον, οἰκτίρω σε θεσφάτου μόρου.

Κασάνδρα

ἅπαξ ἔτ᾽ εἰπεῖν ῥῆσιν οὐ θρῆνον θέλω
ἐμὸν τὸν αὐτῆς. ἡλίῳ δ᾽ ἐπεύχομαι
πρὸς ὕστατον φῶς †τοῖς ἐμοῖς τιμαόροις
ἐχθροῖς φονεῦσι τοῖς ἐμοῖς τίνειν ὁμοῦ,† 1325
δούλης θανούσης, εὐμαροῦς χειρώματος.

번영할 때는 흑암이 나타나 운명을 뒤집어놓고,
불행할 때는 젖은 해면이 나타나
한꺼번에 완전히 그림을 망쳐버리는데,
후자는 더 비참하다오. 1330

코로스:
자신의 분깃에 만족할 줄 모르는 것이 인간이로다.
손가락질을 받으며 구중궁궐에 살아도
"이젠 충분해"라고 말하며
자제하는 자 아무도 없도다.
신들은 우리 왕에게 1335
프리아모스의 도시를 함락하게 하셨으니,
지극히 영광스럽게 귀환하셨지요.
그러한 분이 이제 와서
선조들이 흘린 핏값을 치러야 하고,
자신의 죽음으로 죽음을 갚아야 한다면, 1340
인간들 중에 누가 이 말을 듣고도
행운을 타고났다 자랑할 수 있겠소?

(궁전 안에서 비명소리가 들려온다.)

ἰὼ βρότεια πράγματ᾽: εὐτυχοῦντα μὲν
σκιά τις ἂν τρέψειεν: εἰ δὲ δυστυχῇ,
βολαῖς ὑγρώσσων σπόγγος ὤλεσεν γραφήν.
καὶ ταῦτ᾽ ἐκείνων μᾶλλον οἰκτίρω πολύ. 1330

Χορός

τὸ μὲν εὖ πράσσειν ἀκόρεστον ἔφυ
πᾶσι βροτοῖσιν: δακτυλοδείκτων δ᾽
οὔτις ἀπειπὼν εἴργει μελάθρων,
μηκέτ᾽ ἐσέλθῃς, τάδε φωνῶν.
καὶ τῷδε πόλιν μὲν ἑλεῖν ἔδοσαν 1335
μάκαρες Πριάμου:
θεοτίμητος δ᾽ οἴκαδ᾽ ἱκάνει.
νῦν δ᾽ εἰ προτέρων αἷμ᾽ ἀποτείσῃ
καὶ τοῖσι θανοῦσι θανὼν ἄλλων
ποινὰς θανάτων ἐπικράνῃ, 1340
τίς ἂν ἐξεύξαιτο βροτῶν ἀσινεῖ
δαίμονι φῦναι τάδ᾽ ἀκούων;

아가멤논 (목소리):

아, 치명타를 맞았구나!

코로스:

쉿, 조용히 해봐요.

치명타를 맞았다고 소리치는 이가 누구요?

아가멤논 (목소리):

아, 또 다시, 두 번째 치명타! 1345

코로스:

왕의 비명 소리니 범행이 이미 저질러진 듯하오.

대처할 좋은 방안이 있겠소?

(코로스 단원들이 차례로 말한다.)

코로스1:

내 의견은 이렇소.

시민들을 이곳 궁전으로 불러 모으는 것이 좋겠소.

Ἀγαμέμνων

ὤμοι, πέπληγμαι καιρίαν πληγὴν ἔσω.

Χορός

σῖγα: τίς πληγὴν ἀυτεῖ καιρίως οὐτασμένος;

Ἀγαμέμνων

ὤμοι μάλ᾽ αὖθις, δευτέραν πεπληγμένος. 1345

Χορός

τοὔργον εἰργάσθαι δοκεῖ μοι βασιλέως οἰμώγμασιν.

ἀλλὰ κοινωσώμεθ᾽ ἤν πως ἀσφαλῆ βουλεύματα.

코로스2:

내 생각에는, 지금 당장 뛰어 들어가서, 1350

칼에 피가 흐르고 있는 현행범으로 잡는 게 좋겠소.

코로스3:

나도 그 제안에 동의하오.

즉각 행동을 해야 하오. 꾸물거릴 때가 아니오.

코로스4:

분명히 이건 우리 도시를

독재정치로 몰아가겠다는 신호탄이오. 1355

코로스5:

그렇소, 저들은 속전속결로 밀어붙이며,

꾸물거리는 자를 능멸하거늘,

우린 이렇게 시간을 낭비하고 있구려.

코로스6:

어떤 계획이 가장 좋을지 모르겠소.

그러니 실행할 자가 계획을 세우는 것이 좋겠소.

—ἐγὼ μὲν ὑμῖν τὴν ἐμὴν γνώμην λέγω,
πρὸς δῶμα δεῦρ᾽ ἀστοῖσι κηρύσσειν βοήν.—

—ἐμοὶ δ᾽ ὅπως τάχιστά γ᾽ ἐμπεσεῖν δοκεῖ 1350
καὶ πρᾶγμ᾽ ἐλέγχειν σὺν νεορρύτῳ ξίφει.—

—κἀγὼ τοιούτου γνώματος κοινωνὸς ὢν
ψηφίζομαί τι δρᾶν: τὸ μὴ μέλλειν δ᾽ ἀκμή.—

—ὁρᾶν πάρεστι: φροιμιάζονται γὰρ ὡς
τυραννίδος σημεῖα πράσσοντες πόλει.— 1355

—χρονίζομεν γάρ. οἱ δὲ τῆς μελλοῦς κλέος
πέδοι πατοῦντες οὐ καθεύδουσιν χερί.—

—οὐκ οἶδα βουλῆς ἧστινος τυχὼν λέγω.
τοῦ δρῶντός ἐστι καὶ τὸ βουλεῦσαι πέρι.—

코로스7:

나도 같은 생각이오. 말만 가지고, 1360

죽은 사람을 다시 살릴 방도는 없지 않겠소?

코로스8:

뭐라고요? 목숨을 부지하기 위해,

이 집안을 더럽힌 자들에게 복종하겠단 말씀이오?

코로스9:

그건 안 되지, 차라리 죽는 게 낫지.

독재정치보다는 죽음이 더 나은 운명이오. 1365

코로스10:

그런데 단지 비명 소리만 듣고,

왕께서 돌아가셨다고 예단할 수 있겠소?

코로스11:

추측과 명확한 지식은 전혀 별개이니,

분노하기보다는 먼저 사태를 확실히 파악해 봅시다.

—κἀγὼ τοιοῦτός εἰμ᾽, ἐπεὶ δυσμηχανῶ 1360

λόγοισι τὸν θανόντ᾽ ἀνιστάναι πάλιν.—

—ἦ καὶ βίον τείνοντες ὧδ᾽ ὑπείξομεν

δόμων καταισχυντῆρσι τοῖσδ᾽ ἡγουμένοις;—

Χορός

—ἀλλ᾽ οὐκ ἀνεκτόν,ἀλλὰ κατθανεῖν κρατεῖ:

πεπαιτέρα γὰρ μοῖρα τῆς τυραννίδος.— 1365

—ἦ γὰρ τεκμηρίοισιν ἐξ οἰμωγμάτων

μαντευσόμεσθα τἀνδρὸς ὡς ὀλωλότος;—

—σάφ᾽ εἰδότας χρὴ τῶνδε θυμοῦσθαι πέρι:

τὸ γὰρ τοπάζειν τοῦ σάφ᾽ εἰδέναι δίχα.—

코로스12:

아무리 생각해도 그게 좋겠소. 1370

먼저 왕께서 어떠신지 알아보도록 합시다.

(궁전 문들이 활짝 열리며, 클뤼타이메스트라가 욕조 옆에 서 있고, 아가멤논의 시신이 옷에 덮인 채 놓여 있다. 그와 나란히 카산드라의 시신이 보인다.)

클뤼타이메스트라:

조금 전에 계획상 필요한 거짓말을 많이 했는데,

이제 그와 반대되는 말을 한다고 해서

부끄럽게 생각하지 않소.

친구인 척하는 적을 상대로 계획을 세울 때는 1375

훌쩍 뛰어넘어 달아나지 못하도록

파멸의 그물을 높이 쳐야 하는 법이지요.

해묵은 갈등을 끝낼 결전의 날을

오래 전부터 계획했는데, 이제야 성취했다오.

여기가 바로 그를 내리친 그 자리요.

이렇게 목적을 성취했지요.

내 할일을 했고, 그것을 부인하지 않겠소. 1380

—ταύτην ἐπαινεῖν πάντοθεν πληθύνομαι, 1370

τρανῶς Ἀτρείδην εἰδέναι κυροῦνθ᾽ ὅπως.

Κλυταιμήστρα

πολλῶν πάροιθεν καιρίως εἰρημένων

τἀναντί᾽ εἰπεῖν οὐκ ἐπαισχυνθήσομαι.

πῶς γάρ τις ἐχθροῖς ἐχθρὰ πορσύνων, φίλοις

δοκοῦσιν εἶναι, πημονῆς ἀρκύστατ᾽ ἂν 1375

φράξειεν, ὕψος κρεῖσσον ἐκπηδήματος;

ἐμοὶ δ᾽ ἀγὼν ὅδ᾽ οὐκ ἀφρόντιστος πάλαι

νείκης παλαιᾶς ἦλθε, σὺν χρόνῳ γε μήν:

ἕστηκα δ᾽ ἔνθ᾽ ἔπαισ᾽ ἐπ᾽ ἐξειργασμένοις.

οὕτω δ᾽ ἔπραξα, καὶ τάδ᾽ οὐκ ἀρνήσομαι: 1380

그가 빠져나가지 못하게
촘촘한 고기잡이 그물처럼
죽음의 옷으로 덮쳤고,
그러고는 두 번 내리쳤소.
그러자 두 번 비명 소리를 내지르며 뻗었소. 1385
그가 쓰러지자 세 번째 타격을 가했소.
이 세 번째 타격은 나의 기도에 응답하시는
지하의 신 하데스에게 바치는 감사 표시였소.
이렇게 쓰러지며 그는 생명의 피를 뿜어냈소.
나에게 검붉은 소나기처럼 뿌려졌지요. 1390
들판에 뿌려진 씨앗이 싹을 틔울 때
내리는 단비처럼 기뻤다오.
자초지종은 그렇소.

아르고스의 원로들이여, 기쁘시면 기뻐하시구려.
나는 이 일을 영광스럽게 생각하오.
아울러 시신 위에 제주를 따르는 것이 합당하다면 1395
마땅히 그랬을 텐데 말이오.
그토록 많은 저주스런 악으로 사발을 채워놓고는,
귀국하여 그것을 한 방울도 남김없이 들이켰다오.

ὡς μήτε φεύγειν μήτ᾽ ἀμύνεσθαι μόρον,
ἄπειρον ἀμφίβληστρον, ὥσπερ ἰχθύων,
περιστιχίζω, πλοῦτον εἵματος κακόν.
παίω δέ νιν δίς: κἀν δυοῖν οἰμωγμάτοιν
μεθῆκεν αὑτοῦ κῶλα: καὶ πεπτωκότι   1385
τρίτην ἐπενδίδωμι, τοῦ κατὰ χθονὸς
Διὸς νεκρῶν σωτῆρος εὐκταίαν χάριν.
οὕτω τὸν αὑτοῦ θυμὸν ὁρμαίνει πεσών:
κἀκφυσιῶν ὀξεῖαν αἵματος σφαγὴν
βάλλει μ᾽ ἐρεμνῇ ψακάδι φοινίας δρόσου,   1390
χαίρουσαν οὐδὲν ἧσσον ἢ διοσδότῳ
γάνει σπορητὸς κάλυκος ἐν λοχεύμασιν.
ὡς ὧδ᾽ ἐχόντων, πρέσβος Ἀργείων τόδε,
χαίροιτ᾽ ἄν, εἰ χαίροιτ᾽, ἐγὼ δ᾽ ἐπεύχομαι.
εἰ δ᾽ ἦν πρεπόντων ὥστ᾽ ἐπισπένδειν νεκρῷ,   1395
τῷδ᾽ ἂν δικαίως ἦν, ὑπερδίκως μὲν οὖν.
τοσῶνδε κρατῆρ᾽ ἐν δόμοις κακῶν ὅδε
πλήσας ἀραίων αὐτὸς ἐκπίνει μολών.

코로스:

그 혀가 놀랍기만 하오. 그토록 대담한 말을 하다니.
제 남편을 두고 저런 뻔뻔스런 말을 해대다니! 1400

클뤼타이메스트라:

나를 분별없는 여자로 판단하시는구려.
그러나 나는 조금도 겁내지 않고 말하겠소.
칭찬하든 비난하든 좋소.
여기 이 사람이 내 남편 아가멤논이오.
하지만 지금은 시신이 되었소. 1405
정의로운 이 오른팔의 작품이지요.
이것이 사건의 전말이오.

코로스:

오, 여인이여, 땅에서 자란 독초를 먹었소,
아니면 바다에서 솟은 독을 마셨소?
대체 무얼 먹었기에 이토록 시민들의
저주와 분노를 사는 짓을 하오?
왕을 배반하고 난도질했으니, 1410
이제 시민들의 분노를 사서 추방당할 것이오.

Χορός

θαυμάζομέν σου γλῶσσαν, ὡς θρασύστομος,

ἥτις τοιόνδ᾽ ἐπ᾽ ἀνδρὶ κομπάζεις λόγον.

Κλυταιμήστρα

πειρᾶσθέ μου γυναικὸς ὡς ἀφράσμονος:

ἐγὼ δ᾽ ἀτρέστῳ καρδίᾳ πρὸς εἰδότας

λέγω: σὺ δ᾽ αἰνεῖν εἴτε με ψέγειν θέλεις

ὅμοιον. οὗτός ἐστιν Ἀγαμέμνων, ἐμὸς

πόσις, νεκρὸς δέ, τῆσδε δεξιᾶς χερὸς 1405

ἔργον, δικαίας τέκτονος. τάδ᾽ ὧδ᾽ ἔχει.

Χορός

τί κακόν, ὦ γύναι,

χθονοτρεφὲς ἐδανὸν ἢ ποτὸν

πασαμένα ῥυτᾶς ἐξ ἁλὸς ὀρόμενον

τόδ᾽ ἐπέθου θύος, δημοθρόους τ᾽ ἀράς;

ἀπέδικες ἀπέταμες: ἀπόπολις δ᾽ ἔσῃ 1410

μῖσος ὄβριμον ἀστοῖς.

클뤼타이메스트라:

지금 도시로부터의 추방과,

시민들의 분노와 저주라는 판결을 내리는구려.

하지만 이전에 이 사람이 저지른 일에는 왜 침묵했죠?

이 사람은 제 자식의 죽음을 대수롭지 않게 여겼소. 1415

트라키아에서 불어오는 바람을 잠재우기 위해,

수많은 양 가운데 한 마리를 죽이듯,

내가 배 아프게 낳은 소중한 딸,

그 자신의 딸을 제물로 바쳤지요.

그런 불경한 짓을 한 대가로,

추방당할 사람은 바로 이 사람이 아니오? 1420

그런데 내가 한 일에는 엄격한 재판관이 되었구려.

경고하오. 협박을 하려면, 이건 알고 하세요.

공정한 재판을 통해, 나를 체포한다면 받아들이겠소.

그러나 신께서 그와 반대되는 결정을 내리신다면,

여러분들은 늦게나마

분별력이 무엇인지 알게 될 것이오. 1425

코로스:

대단하시구려, 정말 오만 불경이로군요.

Κλυταιμήστρα

νῦν μὲν δικάζεις ἐκ πόλεως φυγὴν ἐμοὶ

καὶ μῖσος ἀστῶν δημόθρους τ᾽ ἔχειν ἀράς,

οὐδὲν τότ᾽ ἀνδρὶ τῷδ᾽ ἐναντίον φέρων:

ὃς οὐ προτιμῶν, ὡσπερεὶ βοτοῦ μόρον, 1415

μήλων φλεόντων εὐπόκοις νομεύμασιν,

ἔθυσεν αὑτοῦ παῖδα, φιλτάτην ἐμοὶ

ὠδῖν᾽, ἐπῳδὸν Θρῃκίων ἀημάτων.

οὐ τοῦτον ἐκ γῆς τῆσδε χρῆν σ᾽ ἀνδρηλατεῖν,

μιασμάτων ἄποιν᾽; ἐπήκοος δ᾽ ἐμῶν 1420

ἔργων δικαστὴς τραχὺς εἶ. λέγω δέ σοι

τοιαῦτ᾽ ἀπειλεῖν, ὡς παρεσκευασμένης

ἐκ τῶν ὁμοίων χειρὶ νικήσαντ᾽ ἐμοῦ

ἄρχειν: ἐὰν δὲ τοὔμπαλιν κραίνῃ θεός,

γνώσῃ διδαχθεὶς ὀψὲ γοῦν τὸ σωφρονεῖν. 1425

Χορός

μεγαλόμητις εἶ,

살인으로 미쳐버렸군요.
얼굴의 핏자국이 선명하게 그것을 증명하오.
이제 모든 영예를 잃고,
친구들을 잃고,
살인은 살인으로 죗값을 치를 것이오. 1430

클뤼타이메스트라:
그렇다면 들어보시오, 분명 이것은 정당한 응징이오.
내 자식의 원수를 갚아주신 정의의 여신 디케,
파멸의 여신 아떼 그리고 복수의 여신들에게
이 사람을 제물로 바쳤지요.
그리고 이 신들의 이름으로 맹세하건대,
나의 희망은 결코 두려움에 떨지 않을 겁니다. 1435
예전부터 지금까지 충성스럽게,
신뢰의 방패가 되어 주는 아이기스토스가
이 집의 화롯불이 되어 주기 때문이지요.

트로이아에서 크뤼세이스 같은 여자들과 놀아나며,
제 아내를 모욕한 자가 여기 누워 있소.
그리고 그 옆에 한 여인이 나란히 누워 있어요. 1440

περίφρονα δ' ἔλακες. ὥσπερ οὖν
φονολιβεῖ τύχᾳ φρὴν ἐπιμαίνεται,
λίπος ἐπ' ὀμμάτων αἵματος εὖ πρέπει:
ἀτίετον ἔτι σὲ χρὴ στερομέναν φίλων
τύμμα τύμματι τεῖσαι. 1430

Κλυταιμήστρα

καὶ τήνδ' ἀκούεις ὁρκίων ἐμῶν θέμιν:
μὰ τὴν τέλειον τῆς ἐμῆς παιδὸς Δίκην,
Ἄτην Ἐρινύν θ', αἷσι τόνδ' ἔσφαξ' ἐγώ,
οὔ μοι φόβου μέλαθρον ἐλπὶς ἐμπατεῖ,
ἕως ἂν αἴθῃ πῦρ ἐφ' ἑστίας ἐμῆς 1435
Αἴγισθος, ὡς τὸ πρόσθεν εὖ φρονῶν ἐμοί.
οὗτος γὰρ ἡμῖν ἀσπὶς οὐ σμικρὰ θράσους.
κεῖται γυναικὸς τῆσδε λυμαντήριος,
Χρυσηίδων μείλιγμα τῶν ὑπ' Ἰλίῳ:
ἥ τ' αἰχμάλωτος ἥδε καὶ τερασκόπος 1440

그의 포로이며 예언가,
그리고 그와 잠자리를 함께하는 여자,
충실한 성전 창녀요,
뱃사람들의 매춘부 같은 여자라오.
이들은 합당한 보답을 받은 것이지요.
그는 그렇게 죽었고,
그의 애인이었던 그녀는 백조처럼 1445
마지막으로 죽음의 노래를 부르며 갔는데,
나로서는 쾌감을 더하는 풍미가 되었지요.

코로스:
아, 큰 고통도 없고, 오랜 병치레도 없이,
어떤 운명이 불쑥 다가와
영원한 잠을 준다면 좋겠소! 1450
슬프도다!
우리의 훌륭한 수호자가
한 여인을 위해, 큰 고통을 당하신 뒤,
한 여인의 손에 목숨을 잃었도다!

오, 그대 미친 헬레네여, 1455

καὶ κοινόλεκτρος τοῦδε, θεσφατηλόγος
πιστὴ ξύνευνος, ναυτίλων δὲ σελμάτων
ἰσοτριβής. ἄτιμα δ᾽ οὐκ ἐπραξάτην.
ὁ μὲν γὰρ οὕτως, ἡ δέ τοι κύκνου δίκην
τὸν ὕστατον μέλψασα θανάσιμον γόον 1445
κεῖται, φιλήτωρ τοῦδ᾽: ἐμοὶ δ᾽ ἐπήγαγεν
εὐνῆς παροψώνημα τῆς ἐμῆς χλιδῆς.

Χορός

φεῦ, τίς ἂν ἐν τάχει, μὴ περιώδυνος,
μηδὲ δεμνιοτήρης,
μόλοι τὸν αἰεὶ φέρουσ᾽ ἐν ἡμῖν 1450
Μοῖρ᾽ ἀτέλευτον ὕπνον, δαμέντος
φύλακος εὐμενεστάτου καὶ
πολλὰ τλάντος γυναικὸς διαί:
πρὸς γυναικὸς δ᾽ ἀπέφθισεν βίον.

Χορός

ἰὼ ἰὼ παράνους Ἑλένα 1455

혼자서 그 수많은 생명을
트로이아의 성벽 아래서 파멸시켰노라!
이제 마지막으로 영원히 잊지 못할,
씻지 못할 피로 왕관을 썼구려! 1460
트로이아 원정 그때에,
남편을 파멸시킬 재앙이 이 집안에 자리 잡았도다!

클뤼타이메스트라:
그런 생각으로 힘들어 마오.
죽음의 운명을 불러들이지도 마오.
헬레네에게 분노를 돌리지도 마오.
마치 내 동생 헬레네 혼자서 1465
수많은 우리 다나오스인들의 생명을 파괴하고,
치유할 수 없는 고통을 불러왔다고 말하지 마오.

코로스:
탄탈로스의 두 자손,
아가멤논과 메넬라오스에게 내린 악령이여,
똑같이 악령에 씐 두 여인을 통하여, 1470
내게 심장이 찢어지는 고통을 안기는구나!

μία τὰς πολλάς, τάς πάνυ πολλὰς

ψυχὰς ὀλέσασ᾽ ὑπὸ Τροίᾳ.

νῦν δὲ τελέαν πολύμναστον ἐπηνθίσω

δι᾽ αἷμ᾽ ἄνιπτον. ἦ τις ἦν τότ᾽ ἐν δόμοις 1460

ἔρις ἐρίδματος ἀνδρὸς οἰζύς.

Κλυταιμήστρα

μηδὲν θανάτου μοῖραν ἐπεύχου

τοῖσδε βαρυνθείς:

μηδ᾽ εἰς Ἑλένην κότον ἐκτρέψῃς,

ὡς ἀνδρολέτειρ᾽, ὡς μία πολλῶν 1465

ἀνδρῶν ψυχὰς Δαναῶν ὀλέσασ᾽

ἀξύστατον ἄλγος ἔπραξεν.

Χορός

δαῖμον, ὃς ἐμπίτνεις δώμασι καὶ διφυί-

οισι Τανταλίδαισιν,

κράτος τ᾽ ἰσόψυχον ἐκ γυναικῶν 1470

καρδιόδηκτον ἐμοὶ κρατύνεις.

이제 그 악령이,
사악한 까마귀처럼 그의 시신 위에 앉아,
섬뜩한 곡조로 승리의 노래를 부르는도다!

클뤼타이메스트라:
세 번씩이나 인육 잔치를 벌인 1475
이 집안에 깃든 악령을 부르는 걸 보니,
이제 판단을 다시 하는 듯하구려.
악령으로 인해 피의 욕망이 자라났으니,
해묵은 상처가 채 가시기도 전에
새로운 피가 뿌려진 것이라오. 1480

코로스:
무서운 분노로 이 집안을
사로잡는 악령을 노래하는구려.
아, 아, 그것은 만족을 모르는
파멸적 운명을 말하는 사악한 노래이도다.
오, 슬프도다. 이 모든 것은, 1485
만사의 근원이시며 만사의 실행자이신
제우스의 뜻이로다!

ἐπὶ δὲ σώματος δίκαν μοι

κόρακος ἐχθροῦ σταθεῖσ᾽ ἐκνόμως

ὕμνον ὑμνεῖν ἐπεύχεται ˘¯

Κλυταιμήστρα

νῦν δ᾽ ὤρθωσας στόματος γνώμην, 1475

τὸν τριπάχυντον

δαίμονα γέννης τῆσδε κικλήσκων.

ἐκ τοῦ γὰρ ἔρως αἱματολοιχὸς

νείρᾳ τρέφεται, πρὶν καταλῆξαι

τὸ παλαιὸν ἄχος, νέος ἰχώρ. 1480

Χορός

ἦ μέγαν οἰκονόμον

δαίμονα καὶ βαρύμηνιν αἰνεῖς,

φεῦ φεῦ, κακὸν αἶνον ἀτη-

ρᾶς τύχας ἀκορέστου:

ἰὴ ἰή, διαὶ Διὸς 1485

παναιτίου πανεργέτα:

그의 뜻한 바 없이
무슨 일이 인간들에게 이루어지리오?
신의 뜻에 따라 되지 않은 일이 무엇이랴?

아, 왕이시여, 왕이시여,
어떻게 슬퍼해야 하나이까? 1490
가슴 깊은 이 사랑을 무슨 말로 표현할까요?
사악한 거미줄에 걸리어,
불경한 손에 죽음을 당하시고
여기 이렇게 누워계시다니!
아, 슬프도다. 아내의 손에 쌍날 흉기를 맞고,
배반의 죽음을 당하신 채, 1495
여기 이렇게 비천한 곳에 누워계시다니!

클뤼타이메스트라:
이것을 내가 한 짓이라 믿고 있구려.
나를 아가멤논의 아내라
생각하지 마시오.
이 죽은 자의 아내를 닮은 환영, 1500
아트레우스의 악행에 대한 복수의 악령이지요.

τί γὰρ βροτοῖς ἄνευ Διὸς τελεῖται;

τί τῶνδ᾽ οὐ θεόκραντόν ἐστιν;

Χορός

ἰὼ ἰὼ βασιλεῦ βασιλεῦ,

πῶς σε δακρύσω; 1490

φρενὸς ἐκ φιλίας τί ποτ᾽ εἴπω;

κεῖσαι δ᾽ ἀράχνης ἐν ὑφάσματι τῷδ᾽

ἀσεβεῖ θανάτῳ βίον ἐκπνέων.

ὤμοι μοι κοίταν τάνδ᾽ ἀνελεύθερον

δολίῳ μόρῳ δαμεὶς δάμαρτος 1495

ἐκ χερὸς ἀμφιτόμῳ βελέμνῳ.

Κλυταιμήστρα

αὐχεῖς εἶναι τόδε τοὔργον ἐμόν;

μηδ᾽ ἐπιλεχθῇς

Ἀγαμεμνονίαν εἶναί μ᾽ ἄλοχον.

φανταζόμενος δὲ γυναικὶ νεκροῦ 1500

τοῦδ᾽ ὁ παλαιὸς δριμὺς ἀλάστωρ

그 잔인한 아트레우스의 인육잔치로 인해
죽어간 어린애들의 복수를 위해서,
이 자를 제물로 바친 것이라오.

<u>코로스</u>:
당신이 이 살인에 대해 1505
무죄라는 것을 누가 증언하겠소?
어느 누가 그렇게 하겠소?
그의 아버지, 아트레우스를 쫓는
악령이라면 그렇게 하겠지요.

혈육의 피내림을 따라 1510
검은 악령 아레스가 내달리니,
그는 가는 곳마다
어린애들의 핏값을 요구하도다.

아, 왕이시여, 왕이시여,
어떻게 슬퍼해야 하나이까?
가슴 깊은 이 사랑을
무슨 말로 표현할까요? 1515

Ἀτρέως χαλεποῦ θοινατῆρος
τόνδ᾽ ἀπέτεισεν,
τέλεον νεαροῖς ἐπιθύσας.

Χορός

ὡς μὲν ἀναίτιος εἶ 1505
τοῦδε φόνου τίς ὁ μαρτυρήσων;
πῶς πῶς; πατρόθεν δὲ συλλή-
πτωρ γένοιτ᾽ ἂν ἀλάστωρ.
βιάζεται δ᾽ ὁμοσπόροις
ἐπιρροαῖσιν αἱμάτων 1510
μέλας Ἄρης, ὅποι δίκαν προβαίνων
πάχνᾳ κουροβόρῳ παρέξει.

Χορός

ἰὼ ἰὼ βασιλεῦ βασιλεῦ,
πῶς σε δακρύσω;
φρενὸς ἐκ φιλίας τί ποτ᾽ εἴπω; 1515

사악한 거미줄에 걸리어,
불경한 손에 죽음을 당하시고
여기 이렇게 누워계시다니!
아, 슬프도다. 아내의 손에 쌍날 흉기를 맞고,
배반의 죽음을 당하신 채, 1520
여기 이렇게 비천한 곳에 누워계시다니!

클뤼타이메스트라:
이 사람이 비천하게 죽었다고 생각지 않소.
그 스스로가 먼저 배신했기 때문에
집 안으로 파멸을 불러들인 것이 아닌가요?
그가 저지른 행위에 대한
응분의 대가를 치른 것이지요. 1525

우리의 딸인 이피게네이아,
내 사랑스런 꽃을 죽음으로 몰아간 그가
저승에 가서도 뻔뻔스럽게
큰소리치지 못할 것이오.
그는 죽음으로 자기 행동에 대한
응분의 벌을 받은 것이지요.

κεῖσαι δ᾽ ἀράχνης ἐν ὑφάσματι τῷδ᾽

ἀσεβεῖ θανάτῳ βίον ἐκπνέων.

ὤμοι μοι κοίταν τάνδ᾽ ἀνελεύθερον

δολίῳ μόρῳ δαμεὶς

ἐκ χερὸς ἀμφιτόμῳ βελέμνῳ. 1520

Κλυταιμήστρα

οὔτ᾽ ἀνελεύθερον οἶμαι θάνατον

τῷδε γενέσθαι.

οὐδὲ γὰρ οὗτος δολίαν ἄτην

οἴκοισιν ἔθηκ᾽;

ἀλλ᾽ ἐμὸν ἐκ τοῦδ᾽ ἔρνος ἀερθέν. 1525

τὴν πολυκλαύτην Ἰφιγενείαν,

ἄξια δράσας ἄξια πάσχων μηδὲν ἐν

Ἅιδου μεγαλαυχείτω, ξιφοδηλήτῳ,

θανάτῳ τείσας ἅπερ ἦρξεν.

<u>코로스</u>:

집이 무너져 내리건만,
확실한 방향도 못 잡고, 1530
어디로 가야 할지 혼란스럽구나.
이 집을 뒤흔드는
피의 폭풍우가 두렵도다. 1535
비는 잦아들지만,
운명은 새로운 불행을 준비하며
숫돌에 정의의 칼날을 벼리고 있구나.

오, 대지의 신이여,
차라리 나를 받아주었더라면,
은빛 욕조를 침대삼아
그분께서 누워 계신 것을 보지 않았을 텐데! 1540
누가 그분을 묻어 주지?
누가 애도의 노래를 불러 줄까?
감히 제 손으로 죽인 남편을 위해 통곡하고,
그 혼백을 위해 자비를 베풀며,
자신이 저지른 끔찍한 일을 찬양하는 1545
그런 불경한 짓은 하지 않겠지요?

Χορός

ἀμηχανῶ φροντίδος στερηθεὶς

εὐπάλαμον μέριμναν

ὅπα τράπωμαι, πίτνοντος οἴκου.

δέδοικα δ᾽ ὄμβρου κτύπον δομοσφαλῆ

τὸν αἱματηρόν: ψακὰς δὲ λήγει.

δίκην δ᾽ ἐπ᾽ ἄλλο πρᾶγμα θηγάνει βλάβης 1535

πρὸς ἄλλαις θηγάναισι μοῖρα.

Χορός

ἰὼ γᾶ γᾶ, εἴθ᾽ ἔμ᾽ ἐδέξω,

πρὶν τόνδ᾽ ἐπιδεῖν ἀργυροτοίχου

δροίτης κατέχοντα χάμευναν. 1540

τίς ὁ θάψων νιν; τίς ὁ θρηνήσων;

ἦ σὺ τόδ᾽ ἔρξαι τλήσῃ, κτείνασ᾽

ἄνδρα τὸν αὑτῆς ἀποκωκῦσαι

ψυχῇ τ᾽ ἄχαριν χάριν ἀντ᾽ ἔργων 1545

μεγάλων ἀδίκως ἐπικρᾶναι;

누가 이 영웅의 무덤에 눈물을 뿌리며
칭송의 노래를 부를까?
누가 진심으로 애도할까? 1550

클뤼타이메스트라:
그것은 당신이 상관할 바 아니라오.
그는 우리 손에 쓰러져 죽었으니,
우리 손으로 그를 묻을 것이오.
집안사람들의 애도는 없을 것이오.
하지만 마땅히 1555
그의 딸 이피게네이아는
슬픔의 여울에서 아버지를 맞아
사랑스레 두 팔로 껴안고
입 맞춰 주겠지요.

코로스:
이렇게 비난과 비난이 서로 맞부딪히니
판단이 어렵구려. 1560
하지만 약탈자는 약탈당하고,
살해자는 대가를 치르나니,

τίς δ' ἐπιτύμβιον αἶνον ἐπ' ἀνδρὶ θείῳ
σὺν δακρύοις ἰάπτων
ἀληθείᾳ φρενῶν πονήσει; 1550

Κλυταιμήστρα

οὐ σὲ προσήκει τὸ μέλημ' ἀλέγειν
τοῦτο: πρὸς ἡμῶν
κάππεσε, κάτθανε, καὶ καταθάψομεν,
οὐχ ὑπὸ κλαυθμῶν τῶν ἐξ οἴκων,
ἀλλ' Ἰφιγένειά νιν ἀσπασίως 1555
θυγάτηρ, ὡς χρή,
πατέρ' ἀντιάσασα πρὸς ὠκύπορον
πόρθμευμ' ἀχέων
περὶ χεῖρε βαλοῦσα φιλήσει.

Χορός

ὄνειδος ἥκει τόδ' ἀντ' ὀνείδους. 1560
δύσμαχα δ' ἔστι κρῖναι.

제우스 신께서 왕좌에 계시는 한,
악을 행한 자는 고통을 당하기 마련이니,
그것이 곧 하늘의 법이라.

누가 이 집안에서 저주의 씨를 몰아낼 수 있을까? 1565
이 가문에는 파멸의 악령이 접붙어 있도다.

클뤼타이메스트라:
드디어 진실로 하늘의 뜻을 깨닫는구려.
비록 어려운 일이긴 하지만,
나는 아트레우스 가문의 악령과 서약을 맺고,
기꺼이 받아들이며 만족하고 싶다오. 1570
앞으로는 그 악령이 이 집을 떠나
다른 가문을 친족살해로 멸망시키러
가도록 말이오.
그리고 내가 보복살해의 광기를
이 가문에서 내쫓을 수만 있다면,
내게 남겨질 유산이 적더라도 만족할 것이오. 1575

(아이기스토스, 호위병들과 함께 등장)

φέρει φέροντ', ἐκτίνει δ' ὁ καίνων.
μίμνει δὲ μίμνοντος ἐν θρόνῳ Διὸς
παθεῖν τὸν ἔρξαντα: θέσμιον γάρ.
τίς ἂν γονὰν ἀραῖον ἐκβάλοι δόμων; 1565
κεκόλληται γένος πρὸς ἄτᾳ.

Κλυταιμήστρα

ἐς τόνδ' ἐνέβης ξὺν ἀληθείᾳ
χρησμόν. ἐγὼ δ' οὖν
ἐθέλω δαίμονι τῷ Πλεισθενιδῶν
ὅρκους θεμένη τάδε μὲν στέργειν, 1570
δύστλητά περ ὄνθ': ὃ δὲ λοιπόν, ἰόντ'
ἐκ τῶνδε δόμων ἄλλην γενεὰν
τρίβειν θανάτοις αὐθένταισι.
κτεάνων τε μέρος
βαιὸν ἐχούσῃ πᾶν ἀπόχρη μοι
μανίας μελάθρων 1575
ἀλληλοφόνους ἀφελούσῃ.

아이기스토스:

오, 정의의 날이여, 환희의 빛이여!
드디어 저 높은 곳에서 이 땅의 죄악을
내려 보고 계신 신들께서 억울한 원한을 풀어주시는
그 날이 왔구나! 기쁘도다!
복수의 신이 짠 옷을 입고 여기 누워 있는 이자는 1580
그 아비의 악행에 대한 죗값을 치렀도다.
이자의 아버지 아트레우스 왕이
나의 아버지시며 자기 아우인 튀에스테스를
이 도시에서 추방했는데,
이유인즉 왕권에 도전했기 때문이랍니다. 1585
가련한 내 아버지 튀에스테스는
다시 고향에 돌아와 살 수 있도록 탄원한 끝에
고향땅을 피로 물들이는 죽음은 면하게 되셨소.
하지만 이자의 아버지, 불경한 아트레우스는 1590
열렬히 환영 하는 척하며 잔치를 벌이고는,
그에게 자식의 인육을 내놓았다오.
아트레우스는 발가락, 손가락들을 잘라서…
(가지런히 맨 아래에 깔고는, 그 위에 살점을 올려서),
따로 떨어져 앉은 튀에스테스 앞에 내놓았소. 1595

Αἴγισθος

ὦ φέγγος εὖφρον ἡμέρας δικηφόρου.

φαίην ἂν ἤδη νῦν βροτῶν τιμαόρους

θεοὺς ἄνωθεν γῆς ἐποπτεύειν ἄχη,

ἰδὼν ὑφαντοῖς ἐν πέπλοις, Ἐρινύων 1580

τὸν ἄνδρα τόνδε κείμενον φίλως ἐμοί,

χερὸς πατρῴας ἐκτίνοντα μηχανάς.

Ἀτρεὺς γὰρ ἄρχων τῆσδε γῆς, τούτου πατήρ,

πατέρα Θυέστην τὸν ἐμόν, ὡς τορῶς φράσαι,

αὑτοῦ δ᾽ ἀδελφόν, ἀμφίλεκτος ὢν κράτει, 1585

ἠνδρηλάτησεν ἐκ πόλεώς τε καὶ δόμων.

καὶ προστρόπαιος ἑστίας μολὼν πάλιν

τλήμων Θυέστης μοῖραν ηὕρετ᾽ ἀσφαλῆ,

τὸ μὴ θανὼν πατρῷον αἱμάξαι πέδον,

αὐτός: ξένια δὲ τοῦδε δύσθεος πατὴρ 1590

Ἀτρεύς, προθύμως μᾶλλον ἢ φίλως, πατρὶ

τὠμῷ, κρεουργὸν ἦμαρ εὐθύμως ἄγειν

δοκῶν, παρέσχε δαῖτα παιδείων κρεῶν.

τὰ μὲν ποδήρη καὶ χερῶν ἄκρους κτένας

ἔθρυπτ᾽, ἄνωθεν … 1595

여러분도 알다시피,
이 가문에 파멸을 안겨줄 그 음식을,
그분은 영문도 모르고 즉시 잡수셨지요.
하지만 이 불경한 짓을 알게 되자,
그는 울부짖으며 소리를 지르고, 먹은 것을 토하며
쓰러질듯 비틀거렸고, 식탁을 걷어차며,
이런 끔찍한 저주를 내리셨소. 1600
아트레우스 가문의 자손들은 모두 파멸할지어다!

이것이 바로 이자가 여기 쓰러져 누워 있는 이유지요.
그리고 이번 살해를 계획한 사람은 바로 나요.
정당한 것이지요.
불쌍한 내 아버지와 함께 셋째 아들인 나를 추방했소,
강보에 싸인 어린애를 말이오. 1605
그러나 정의의 여신이 성인이 된 나를
고향으로 다시 돌려보내 주었소.
추방되어 있었을 때부터, 항상 이자를 겨냥해서
모든 은밀한 살해 계획을 준비해 왔지요. 1610
이자가 정의의 그물에 걸린 것을 보았으니,
이제 죽어도 여한이 없소이다.

*

... ἀνδρακὰς καθήμενος.

ἄσημα δ᾽ αὐτῶν αὐτίκ᾽ ἀγνοίᾳ λαβὼν

ἔσθει βορὰν ἄσωτον, ὡς ὁρᾷς, γένει.

κἄπειτ᾽ ἐπιγνοὺς ἔργον οὐ καταίσιον

ᾤμωξεν, ἀμπίπτει δ᾽ ἀπὸ σφαγὴν ἐρῶν,

μόρον δ᾽ ἄφερτον Πελοπίδαις ἐπεύχεται, 1600

λάκτισμα δείπνου ξυνδίκως τιθεὶς ἀρᾷ,

οὕτως ὀλέσθαι πᾶν τὸ Πλεισθένους γένος.

ἐκ τῶνδέ σοι πεσόντα τόνδ᾽ ἰδεῖν πάρα.

κἀγὼ δίκαιος τοῦδε τοῦ φόνου ῥαφεύς.

τρίτον γὰρ ὄντα μ᾽ ἐπὶ δυσαθλίῳ πατρὶ 1605

συνεξελαύνει τυτθὸν ὄντ᾽ ἐν σπαργάνοις:

τραφέντα δ᾽ αὖθις ἡ δίκη κατήγαγεν.

καὶ τοῦδε τἀνδρὸς ἡψάμην θυραῖος ὤν,

πᾶσαν συνάψας μηχανὴν δυσβουλίας.

οὕτω καλὸν δὴ καὶ τὸ κατθανεῖν ἐμοί, 1610

ἰδόντα τοῦτον τῆς δίκης ἐν ἕρκεσιν.

코로스:

아이기스토스여, 남의 불행을
오만하게 경멸하는 것은 온당치 못하오.
혼자 스스로 계획하고 살해했다고 하는데,
심판의 때에 시민들의 저주와 함께 1615
돌로 쳐 죽임을 면치 못하리라.

아이기스토스:

상갑판의 높은 이가 배를 통치하는데,
배 밑창에서 노나 젓는 주제에 훈계를 하오?
당신은 노인이지만, 그 나이에 신중하게 행동하라는
충고가 얼마나 처참한 일인지 알게 될 것이오. 1620
노인에게 지혜를 가르칠 때, 감금과 굶주림의 고통은
가장 훌륭한 의사이며 선지자이지요.
눈이 있으면 아실 텐데?
뾰족한 돌부리를 차면 제 발만 아프지요.

코로스:

이 계집애 같은 겁쟁이 놈아, 집 안에만 처 박혀서, 1625
전쟁에 나간 사람들이 돌아오기만 기다린 주제에,

Χορός

Αἴγισθ', ὑβρίζειν ἐν κακοῖσιν οὐ σέβω.

σὺ δ' ἄνδρα τόνδε φῂς ἑκὼν κατακτανεῖν,

μόνος δ' ἔποικτον τόνδε βουλεῦσαι φόνον:

οὔ φημ' ἀλύξειν ἐν δίκῃ τὸ σὸν κάρα 1615

δημορριφεῖς, σάφ' ἴσθι, λευσίμους ἀράς.

Αἴγισθος

σὺ ταῦτα φωνεῖς νερτέρᾳ προσήμενος

κώπῃ, κρατούντων τῶν ἐπὶ ζυγῷ δορός;

γνώσῃ γέρων ὢν ὡς διδάσκεσθαι βαρὺ

τῷ τηλικούτῳ, σωφρονεῖν εἰρημένον. 1620

δεσμὸς δὲ καὶ τὸ γῆρας αἵ τε νήστιδες

δύαι διδάσκειν ἐξοχώταται φρενῶν

ἰατρομάντεις. οὐχ ὁρᾷς ὁρῶν τάδε;

πρὸς κέντρα μὴ λάκτιζε, μὴ παίσας μογῇς.

Χορός

γύναι, σὺ τοὺς ἥκοντας ἐκ μάχης μένων 1625

οἰκουρὸς εὐνὴν ἀνδρὸς αἰσχύνων ἅμα

전쟁 영웅의 침상을 모욕하고,
이따위 살해를 모의하다니!

아이기스토스:
당신의 말이 눈물의 씨앗이 되리라.
그 혓바닥은 오르페우스의 그것과는 영 딴판이로군.
그의 목소리는 만물에 즐거움을 주었는데, 1630
당신은 어리석은 개소리로 사람을 화나게 하니,
끌려가서 고생 좀 해야 고분고분해지겠군.

코로스:
당신이 이 나라의 통치자가 되고 싶다고?
왕의 시해를 음모해 놓고
막상 제 손으로 살해할 용기도 없었던 놈이! 1635

아이기스토스:
올무를 놓는 것은 분명 여자의 몫이죠,
더욱이, 나는 오래 전부터 적으로 의심받아 왔으니까.
이제 내가 이자의 재산으로 시민들을 통치할 텐데,
복종하지 않는 자는 가혹한 멍에를 씌울 참이오. 1640

ἀνδρὶ στρατηγῷ τόνδ᾽ ἐβούλευσας μόρον;

Αἴγισθος

καὶ ταῦτα τἄπη κλαυμάτων ἀρχηγενῆ.

Ὀρφεῖ δὲ γλῶσσαν τὴν ἐναντίαν ἔχεις.

ὁ μὲν γὰρ ἦγε πάντ᾽ ἀπὸ φθογγῆς χαρᾷ, 1630

σὺ δ᾽ ἐξορίνας νηπίοις ὑλάγμασιν

ἄξῃ: κρατηθεὶς δ᾽ ἡμερώτερος φανῇ.

Χορός

ὡς δὴ σύ μοι τύραννος Ἀργείων ἔσῃ,

ὃς οὐκ, ἐπειδὴ τῷδ᾽ ἐβούλευσας μόρον,

δρᾶσαι τόδ᾽ ἔργον οὐκ ἔτλης αὐτοκτόνως. 1635

Αἴγισθος

τὸ γὰρ δολῶσαι πρὸς γυναικὸς ἦν σαφῶς:

ἐγὼ δ᾽ ὕποπτος ἐχθρὸς ἦ παλαιγενής.

ἐκ τῶν δὲ τοῦδε χρημάτων πειράσομαι

ἄρχειν πολιτῶν: τὸν δὲ μὴ πειθάνορα

ζεύξω βαρείαις οὔτι μοι σειραφόρον 1640

그런 자는 곁다리 말처럼 놀고먹게 놔둘 수 없지.
지옥 같은 굶주림이 복종을 낳는 법.

코로스:
그런데 어째서 비열하게도 제손으로 죽이지 않았소?
여자가 남편을 살해하게 하므로
이 나라와 신들을 모독한단 말이오? 1645

아, 그분의 아들 오레스테스가
지금껏 살아서 햇빛을 보고 있을까?
그렇다면, 행운의 여신과 함께 집으로 돌아와
이 살인자들을 척결하고 승리를 쟁취할 텐데!

아이기스토스:
정녕 이 따위 말과 행동을 할 거라면,
당장 혼 좀 나봐야겠군.
호위병, 내 충직한 친구들, 할 일이 생겼군. 1650

코로스:
자, 모두들 칼을 빼서 싸울 준비를 하시오.

κριθῶντα πῶλον: ἀλλ᾽ ὁ δυσφιλὴς σκότῳ
λιμὸς ξύνοικος μαλθακόν σφ᾽ ἐπόψεται.

Χορός

τί δὴ τὸν ἄνδρα τόνδ᾽ ἀπὸ ψυχῆς κακῆς
οὐκ αὐτὸς ἠνάριζες, ἀλλά νιν γυνὴ
χώρας μίασμα καὶ θεῶν ἐγχωρίων 1645
ἔκτειν᾽; Ὀρέστης ἆρά που βλέπει φάος,
ὅπως κατελθὼν δεῦρο πρευμενεῖ τύχῃ
ἀμφοῖν γένηται τοῖνδε παγκρατὴς φονεύς;

Αἴγισθος

ἀλλ᾽ ἐπεὶ δοκεῖς τάδ᾽ ἔρδειν καὶ λέγειν, γνώσῃ τάχα
εἶα δή, φίλοι λοχῖται, τοὔργον οὐχ ἑκὰς τόδε. 1650

Χορός

εἶα δή, ξίφος πρόκωπον πᾶς τις εὐτρεπιζέτω.

아이기스토스:

나도 칼을 뺏으니, 죽음도 마다하지 않겠소.

코로스:

당신의 죽음이라 했소?

그 말이 당신 운명이 되길 바라오.

클뤼타이메스트라:

내 사랑하는 이여, 더 이상의 불행을 만들지 마오.

여기 이것만 해도 수확이 충분해요.

불행의 수확 말이에요. 1655

재앙은 이것으로 족해요. 더 이상 피 흘리지 맙시다.

다치기 전에 어르신들은 댁으로 돌아가세요.

이 일들은 운명으로 받아들이세요.

우리가 행한 일은 마땅한 일이었소.

운명의 손에 이미 무지막지하게 난타 당했으니,

이 재앙으로 충분하다면,

우린 그렇게 받아들여야 해요. 1660

이것이 내가 여자로서 드리는 진심어린 충고입니다.

Αἴγισθος

ἀλλὰ κἀγὼ μὴν πρόκωπος οὐκ ἀναίνομαι θανεῖν.

Χορός

δεχομένοις λέγεις θανεῖν σε: τὴν τύχην δ᾽ αἱρούμεθα.

Κλυταιμήστρα

μηδαμῶς, ὦ φίλτατ᾽ ἀνδρῶν, ἄλλα δράσωμεν κακά.
ἀλλὰ καὶ τάδ᾽ ἐξαμῆσαι πολλά, δύστηνον θέρος. 1655
πημονῆς δ᾽ ἅλις γ᾽ ὑπάρχει: μηδὲν αἱματώμεθα.
στείχετ᾽ αἰδοῖοι γέροντες πρὸς δόμους, πεπρωμένοις τούσδε
πρὶν παθεῖν εἴξαντες ὥρᾳ: χρῆν τάδ᾽ ὡς ἐπράξαμεν.
εἰ δέ τοι μόχθων γένοιτο τῶνδ᾽ ἅλις, δεχοίμεθ᾽ ἄν,
δαίμονος χηλῇ βαρείᾳ δυστυχῶς πεπληγμένοι. 1660
ὧδ᾽ ἔχει λόγος γυναικός, εἴ τις ἀξιοῖ μαθεῖν.

아이기스토스:

하지만 이자들이 무엄하게 혀를 놀려

이 같은 욕설을 퍼붓고,

운명을 시험이라도 하듯,

현명한 충고를 거절하며

감히 통치자에게 오만불손하게 덤빈단 말이오!

코로스:

당신 같은 악인에게 굽실거리는 것은

우리 아르고스인들에게 용납될 수 없는 법. 1665

아이기스토스:

하지만 훗날 언젠가 이 모욕을 갚아 주리라.

코로스:

오레스테스가 고향으로 돌아올 운명이라면,

그 따위 소리는 어림 반 푼어치도 없을걸.

아이기스토스:

추방당한 자들이 희망을 먹고 사는 것은 나도 알지.

Αἴγισθος

ἀλλὰ τούσδ᾽ ἐμοὶ ματαίαν γλῶσσαν ὧδ᾽ ἀπανθίσαι

κἀκβαλεῖν ἔπη τοιαῦτα δαίμονος πειρωμένους,

σώφρονος γνώμης θ᾽ ἁμαρτεῖν τὸν κρατοῦντά θ᾽ ὑβρίσαι.

Χορός

οὐκ ἂν Ἀργείων τόδ᾽ εἴη, φῶτα προσσαίνειν κακόν. 1665

Αἴγισθος

ἀλλ᾽ ἐγώ σ᾽ ἐν ὑστέραισιν ἡμέραις μέτειμ᾽ ἔτι.

Χορός

οὔκ, ἐὰν δαίμων, Ὀρέστην δεῦρ᾽ ἀπευθύνῃ μολεῖν.

Αἴγισθος

οἶδ᾽ ἐγὼ φεύγοντας ἄνδρας ἐλπίδας σιτουμένους.

코로스:

할 수 있을 때, 실컷,

정의를 짓밟으며 잘 먹고 잘 살아 보시구려.

아이기스토스:

때가 되면 이런 바보짓은

반드시 대가를 치른다는 것을 아시오. 1670

코로스:

암탉 옆의 수탉처럼 용감한 척 허풍이나 떠시구려.

클뤼타이메스트라:

의미 없이 짖어대는 소리는

그만 무시해 버려요.

당신과 내가 이 나라를 통치하며

차츰 바로잡아 나가자고요.

(클뤼타이메스트라와 아이기스토스는 궁전으로 들어가고,

코로스는 우측으로 퇴장한다.)

Χορός

πρᾶσσε, πιαίνου, μιαίνων τὴν δίκην, ἐπεὶ πάρα.

Αἴγισθος

ἴσθι μοι δώσων ἄποινα τῆσδε μωρίας χάριν. 1670

Χορός

κόμπασον θαρσῶν, ἀλέκτωρ ὥστε θηλείας πέλας.

Κλυταιμήστρα

μὴ προτιμήσῃς ματαίων τῶνδ᾽ ὑλαγμάτων: ἐγὼ

καὶ σὺ θήσομεν κρατοῦντε τῶνδε δωμάτων καλῶς.

아이스퀼로스와 셰익스피어 비교 연구*

: 『오레스테이아』 삼부작과 『맥베스』에 나타난 운명의 이중성

1.

그리스 비극의 태두 아이스퀼로스(Αἰσχύλος, B.C. 515~456)의 『오레스테이아』(Ὀρεστεια) 삼부작은 당대의 어떤 작품보다 정치적 성격이 강하고, 그리스 민주정치의 이상과 발전과정을 가장 잘 반영하는 것으로 평가된다.

그 첫 작품 『아가멤논』(Ἀγαμεμνων)은 표면적으로는 아트레우스 가문의 가정비극적 틀을 취하지만, 그 이면에는 왕위 찬탈을 둘러싼 국가적 문제를 중심에 두고 있으며, 더 나아가 페르시아 전쟁

* 『Shakespeare Review』 55(1)에 실린 글.

(B.C. 490, 480, 479)과 그것의 영향으로 재편되는 그리스의 새로운 정치질서와 아테나이의 패권주의를 다층적으로 반영하고 있다.

두 번째 작품 『코에포로이』(Χοηφοροι)는 전편에서 살해된 왕 아가멤논을 향한 추모와 애도의 분위기를 토대로, 유덕하고 용감한 왕을 살해한 그의 부인 클뤼타임네스트라(Κλυταιμνήστρα)의 악행에 초점이 맞추어지며, 그녀의 죽음을 마땅한 보복 정의로 극화시킨다.

마지막 작품 『에우메니데스』(Εὐμενιδες)에서는 아테나이의 아레오파고스(Ἄρεοπάγος) 법정을 통해 모친살해를 둘러싼 재판이 진행되고, 그 결과 오레스테스의 모친살해는 법적 정의로 채택되며, 이로써 폴리스 아르고스의 대를 이은 저주에 종지부가 찍힌다.

왕위 찬탈과 복수의 과정을 중심으로 하여 질서의 파괴와 회복의 신화를 극화한 이 삼부작에서 주목해서 살펴볼 부분은 '악행을 저지른 자에게 반드시 대가를 치르게 한다'(δρασαντι παθειν)는 보복 정의를 둘러싼 신의 뜻과 인간의 자유의지와 선택에 관한 것이다. 그리고 인간의 운명은 자신의 윤리와 도덕적 성품, 즉 에토스(ἐθος)를 반영한 선택의 결과이며 그 책임 또한 인간 자신에게 있다는 점이다. 아가멤논이 트로이아 전쟁에 출정하기 위하 여 자신의 딸을 산제물로 바치는 결정 그리고 그 전쟁에서 도를 지나친 약탈과 파괴를 자행한 것, 더 나아가 그 전쟁의 명분이 부족한 것 등은 그 자신의 무능과 오판을 드러내는 에토스에 기인한다. 따라서 이 전쟁이 트로이아의 왕자 파리스(Πάρις)의 배신에 대한 응징이며, '환대의 신' 제우스의 뜻을 좇아 촉발된 보복 정의이긴 하지만 그 선택과 결과에 따르는 책임은 아가멤논 자신에게 있음을 확인하게 된다. 그리고 그 책임과 관련하여, 클뤼타임네스트라는 정의의 이름으로 남편이자 왕인 아가멤논을 살해하고 왕위를 찬탈한다. 마찬가지로 그의 아들 오레스테스는 모친 살해를 아폴론 신의 뜻을 좇아 행한 정의의 심판으로 정당화 한다. 흥미로운 점은, 아이스퀼로스의 『오레스테이아』 삼부작에서 인물들의 운명을 결정하는 주된 요인은 신의 뜻과 동시에 인간 자유의지와 선택인데, 이들은 서로 중첩되어 있으며 그 책임은 운명의 주체, 즉 인간의 에토스에 묻는다는 사실이다. 다시 말하자면, 인간이 저지른 행위에 대한 보복은 신적 정의 실현이며, 이러한 보복 정의의 연쇄적 연결고리가 운명으로 드러난다.

셰익스피어(1564~1616)의 경우 이러한 운명의 이중성을 가장 잘 드러낸 작품이 『맥베스』(Macbeth)인데, 이는 왕위 찬탈을 둘러싼 질서의 파괴와 회복의 신화를 아이스퀼로스의 삼부작과 가장 유사하게 재연하고 있다. 마녀의 입을 통해 전해지는 '신탁'은 존재와 가치의 이중성을 일깨우는 마법의 수수께끼, 즉 "매력적인 것은 악하고, 악한 것은 매력적이다(Fair is foul, and foul is fair)"

(1.1.11)로 시작된다. 인간 세상의 존재는 모두 양면적 가치를 지니는 상대적 개체들이며, 그러한 존재적 속성을 반영한 인간 운명 또한 신의 뜻인 동시에 인간 의지와 선택의 결과라는 이중적이며 다소 애매모호한 수수께끼 같은 것이다. 맥베스의 삶은 이런 운명의 수수께끼를 풀어 가는 과정으로 볼 수 있는데, 그의 하마르티아(άμαρτια)는 자신의 오만 불경한 욕망에 매몰되어 존재의 양면적 속성을 망각하고, 지나친 자기중심적 해석에 치우친 나머지 마녀의 신탁을 절대시한 것이다. 이는 신탁에 따라 트로이아 전쟁을 승리로 이끌 것이라는 일면만 집착하며 인간의 수행적 정의와 선택의 책임에 무지했던 아가멤논의 에토스를 상기시키는 양상이다. 두 인물의 공통적 에토스인 이런 무지와 무분별한 행위의 비극적 뿌리는 그들의 휘브리스(ὕβρις), 즉 신적 질서에 맞서는 오만 불경함에서 찾을 수 있으며, 그 결과 또한 비극적 파멸로 이어지는 유사한 인생역정을 밟고 있다. 그리고 그들이 범하는 휘브리스의 절정에서 맥베스 부인과 클뤼타임네스트라가 수행하는 극적 역할은 인간 자유의지와 선택의 모티프를 더욱 선명하게 조명해 준다.

따라서 이 글에서는 아이스퀼로스와 셰익스피어의 주 인물들이 맞이하는 비극적 운명이 신의 뜻에 복종하는 피동적 결과라기보다 오히려 신의 뜻을 주체적으로 수행하는 인간의 능동적 의지와 선택의 결과라는 점을 중심으로 분석하고자 하며, 아울러 신의 뜻과 인간의 선택이 교차하는 지점에서 결정되는 운명과 그 책임은 선택의 주체인 인간에게 귀결된다는 것과 그 파멸의 근원으로 작동하는 휘브리스가 그들의 주된 하마르티아임을 고찰하고자 한다.

2.

『아가멤논』을 통해 드러나는 트로이아 전쟁은 신의 뜻, 즉 환대의 신 제우스(ξενιος Ζευς)의 뜻을 좇아 아트레우스 가문의 두 아들, 메넬라오스(Μενελαος)와 아가멤논 왕이 출정하면서 시작된다. 이는 손님으로 아르고스에 와 있던 트로이아 왕자 파리스가 주인 메넬라오스의 아내 헬레네(Ἑλένη)를 빼앗아 가버린 것이 화근이며(399~402), 손님을 보호하는 환대의 신 제우스가 정의의 이름으로 응징을 요구하는 것이 극의 발단이다.

전능하신 이, 환대의 신 제우스가,
아트레우스의 아들들을 트로이아로 보냈도다.
많은 남편을 둔 한 여인을 위해, (60~62)

(이 논문의 모든 헬라어 원문번역은 필자 자신의 것)

οὕτω δ᾽ Ἀτρέως παῖδας ὁ κρείσσων
ἐπ᾽ Ἀλεξάνδρῳ πέμπει ξένιος
Ζεὺς πολυάνορος ἀμφὶ γυναικὸς

환대의 신 제우스가 아트레우스가의 형제에게 트로이아를 공격하러 보내는데, 여기서 주목할 표현은 "많은 남편을 둔 한 여인을 위해"(πολυανορος ἀμφι γυναικος, 62)이다. πολυανορος γυναικος는 '남편이 여럿인 여자', 즉, 헬레네의 부정을 강조한 것이며, 이는 전쟁의 동기가 보편적 시민 감정에 부합하지 않는다는 사실을 암시하는 것이다. 비록 손님의 도리를 망각하고 손님과 주인의 신뢰 관계, 즉 필리아(φιλια)를 배반한 파리스를 응징하는 것이 신의 뜻이라 하더라도 부정한 여인을 위해 이런 엄청난 희생을 치르는 전쟁은 아르고스인들뿐만 아니라 트로이아인들 모두에게 지나친 부담(63~67, 225, 800)이며 방법론적으로 잘못된 선택임을 드러내는 대목이다.

더 나아가 이는 전쟁의 광기에 사로잡힌 아가멤논의 에토스를 조명하는 것이며 왕으로서의 통치력 부재를 의심하게 하는 양상이기도 하다. 적절한 목적을 달성하기 위해 전쟁을 치러야 하는 상황이라면, 최소한의 유혈과 희생을 치르며 생명을 존중하는 전쟁철학이 요구된다. 신의 뜻과 인간의 수행 방법적 정의는 중첩적이며 상호 보완적 관계이므로 인간은 그 선택에 대해 면책될 수 없다. 이런 수행적 정의에 대한 인간 선택의 책무는 먼저 아르테미스(Ἄρτεμις) 여신의 분노를 통해 확인된다. 생명의 신 아르테미스는 이 전쟁에서 빚어질 일, 즉 지나친 피를 흘리게 하는 것, 특히 어린 생명을 해치는 것에 대해 염려하며 예언적 징조를 통해 경고한다(114~120, 133~137). 독수리들이 새끼 밴 토끼를 갈기갈기 찢어 잡아먹는 끔찍한 장면이 출정을 앞둔 그들 앞에 신탁과도 같이 전개되는데, 이는 광의적으로는 트로이아의 비참한 패망을 예견하는 것이고, 동시에 아가멤논 자신이 딸 이피게네이아(Ἰφιγένεια)를 산제물로 바치는 것과 그의 부친 아트레우스가 죽인 튀에스테스(Θυέστης)의 아이들을 연상시키며 아가멤논 집안의 과거 현재 미래를 3중으로 조명하고 있다(정해갑 2018: 60~61). 아트레우스가의 저주 그리고 피의 대물림과 결부된 이러한 독수리의 징조는 보복정의 실현의 연쇄적 연결고리, 즉 아티카 비극의 전형적 운명관을 현현하고 있지만, 정도를 넘어선 광기를 노출하며 아르테미스의 분노와 보복을 초래하는 아가멤논의 휘브리스에 초점이 맞춰져 있는 점을 간과해선 안 된다. 이러한 하마르티아는 제우스의 정의와 아르테미스의 분노 사이에서 맞이할 아가멤논 자신의 운명의 근원이며 동시에 그의 선택과 결정에 대한 책임을 묻는 주요 모티프로 작동한다.

제우스의 정의에 토대를 둔 것은 사실이지만, 한 부정한 여자 때문에 발발한, 명분이 부족한 전쟁을 위해 희생될 수많은 가련한 생명을 연민하는 아르테미스에 맞서는 아가멤논의 휘브리스는 자신의 딸 이피게네이아를 산제물로 희생시키는 결정으로 나아가며, 광기의 악령(Ἀτη 1230; Παρακοπα 223)에 멍에가 지워진 채 "부정하고" "불경한"(220) 선택을 한다. 지나친 피를 흘리게 될 이 전쟁을 막으려 아르테미스 여신은 역풍을 일으켜 그리스군의 전함을 아울리스 항에 묶어두려 하는데, 아가멤논은 오만 불경하게도 극단의 야만적 행위를 자행하면서까지 전쟁을 고집한다. 여기서 유의할 점은, 제우스의 정의와 아르테미스의 연민 사이에서 고뇌하는 아가멤논의 실존적 참담함이 아티카 비극의 현대성이며 이런 두려움과 안타까움을 통한 깨달음이 극적 카타르시스로 연결되는 점이다. 아울러 르네상스 인본주의의 토대가 되는 이러한 실존적 운명관은 셰익스피어 비극을 이해하는 원천이며 더 나아가 시대를 초월한 담론의 원천이 되고 있다.

가문의 보배인, 이 아이를
바쳐야 하는지, 마는지,

가혹한 운명이로다, (206~208)

βαρεῖα μὲν κὴρ τὸ μὴ πιθέσθαι,

βαρεῖα δ', εἰ τέκνον δαΐ-

ξω, δόμων ἄγαλμα,

햄릿의 고뇌를 연상시키는 이 대사에서 '바친다'라고 번역한 'δαιξω'는 사전적으로 divide, tear, cleave, smite 등으로 번역되는 단어인데, '찢다, 가르다'는 의미의 단어를 통한 작가의 의도는 고대의 제사의식을 환기시키고 있다. 즉, 흠 없고 정결한 짐승을 반으로 갈라 피를 쏟아낸 후 제단에 올리는 번제의식(θυσία, 151)을 인간 제물인 이피게네이아에게 동일하게 적용하고 있다는 사실이다. 이는 인륜적으로 상상할 수 없는 범죄 행위이며(ἑτέραν ἄνομόν, 151) 아트레우스가의 저주(σύμφυτον, 152) 그 자체와 연계된다. 여기서 저주받은 가문의 저주를 받을 행위의 연쇄적 연결고리를 활성화하는 핵심에 작동하는 아가멤논의 휘브리스가 선택적 동인임을 간과해선 안 된다. 따라서 윤리적 딜레마에 직면한 그의 선택의 방향은 동맹국의 수장으로서, 전 그리스적 연대를 위해 기꺼이 "가문의 보배"(208)를 희생시키는 것으로 나아간다. 자신은 이 선택을 "운명적인 것"(κὴρ, 206)으로 떠넘기고자 하지만, 이는 무고한 생명을 연민하며 무차별한 파괴와 약탈을 초래할 이 전쟁을 염려하는 아르테미스의 뜻을 짓밟고 모독하는 행위이다.

이러한 휘브리스는 전쟁의 광기로서 트로이아에서 다시 한번 여실히 드러난다. 아내로서 누구보다 정확히 아가멤논의 에토스를 조명하는 클뤼타임네스트라는 승전 소식을 전해 듣자마자, 정복된 나라의 신전을 파괴하거나 지나친 약탈을 하지 말았으면 하고 기원한다(338~347). 하지만 이어서 전해지는 전령의 보고는 그녀의 염려를 예언으로 돌리기에 충분한 내용으로 채워져 있다. 그리스군은 피에 굶주린 사자같이 트로이아 성벽을 오르내리며 피로 물들이며(827~828), 모든 생명을 무참히 살육했고, 더 나아가 신성한 제단마저 짓밟아 버렸다(525~528). 부당한 전쟁을 위해 동원된 시민들인 그리스군 역시 연기에 휩싸인 트로이아 성벽 아래서 처절하게 죽어갔다(448~463). 전쟁의 사디즘에 비견되는 이러한 광기는 운명에 앞선 문제, 즉 전쟁윤리와 에토스에 입각한 책임소재를 묻기에 충분한 선택의 문제로 귀결된다(Wohl 78~79). 신적 정의의 실현이라는 미명하에 자신의 광적 욕망을 실현하는 장으로 타락한 트로이아 전쟁에서 그 책임은 제우스가 아닌 아가멤논 자신에게 있음을 드러낸다(Petrovic 136~137).

'환대의 신' 제우스의 사제(61~62)로 출발하여 "악령의 사제"(ἱερεύς τις ἄτας, 735~36), "파괴자, 약탈자"(πτολίπορθος, 783)로 돌아온 아가

멤논의 인생역정은 피동적으로 부여된 운명이 아니라 능동적 주체의 선택 과정이며 그 결과는 "악행을 저지른 자에게 반드시 대가를 치르게 한다"(Choe. 313)는 제우스의 법에 따라 심판이 기다린다. 일련의 악한 선택에 대한 심판을 목전에 두고 그의 휘브리스는 마지막 확인 작업을 거치는데, 이는 클뤼타임네스트라가 의도적으로 준비한 자줏빛 융단을 밟고 입성하는 모습을 통해 가시화된다.

여자처럼 날 치장하지 마오.
야만인들이 하듯 내 앞에
엎드려 절하지 마오.
신의 질투를 살까 하니 융단일랑 깔지 마오.
오직 경배 받으실 이는 신이라오. (918~922)

καὶ τἄλλα μὴ γυναικὸς ἐν τρόποις ἐμὲ
ἅβρυνε, μηδὲ βαρβάρου φωτὸς δίκην
χαμαιπετὲς βόαμα προσχάνῃς ἐμοί,
μηδ᾽ εἵμασι στρώσασ᾽ ἐπίφθονον πόρον
τίθει: θεούς τοι τοῖσδε τιμαλφεῖν χρεών:

승리에 취해 융단을 밟고 입성하는 것은 동양의 군주 같은 야만인들(βαρβάρου φωτὸς δίκην)이나 오만한 자들의 불경스런 행위이며, 더욱이 자신 같은 문명인이며 대장부가 취할 행위가 아님을 공표한다. 거룩한 신들에게나 어울리는 예식과 예물을 가로챔으로 인해, 신들의 질투를 유발하며 자신의 받은 복을 쏟아버리는 어리석음을 범하지 않기로 다짐한다. 더 나아가 "악한 생각에 휘둘리지 않는 것이 가장 큰 신의 선물"이며, "마지막 순간을 평안하게 맞이하는 삶이 복되다"(ὀλβίσαι δὲ χρὴ βίον τελευτήσαντ᾽ ἐν εὐεστοῖ φίλῃ)고 주장하기까지 한다(927~929). 이때 사용된 단어 ὀλβίσαι를 살펴보면, 그 기본형은 ὀλβίζω이며 to be deemed happy(복되다고 일컬을 만하다)로 해석되는데, 그 명사형 '올보스'(ὄλβος)는 그 대립 개념인 휘브리스(ὕβρις)와 더불어 주목할 어휘이다. 휘브리스를 멀리하며 신적 질서를 통찰 하는 것이 삶의 지혜이며 복(또는 올보스)의 근원이라는 아티카 비극의 교훈에 비추어볼 때(정해갑 2014: 186), 고통이 끝나는 삶의 마지막을 통과할 때까지 누구도 자만하지 말라는 이 경구가 아티카 비극의 휘브리스를 설명하는 대표적 인용구이며 소포클레스가 오이디푸스의 참담한 말로를 묘사하는 마지막 대사(OT, 1528~1530)가 된 것은 우연이 아니다.

자신의 이러한 주장에도 불구하고 정작 아가멤논의 결정은 다름 아닌 자신의 입으로 오만 불경하다고 규정한 행동을 택하는 아이러니가 유발되지만, 이 또한 예견된 바이다. 아내로서 누구보다 아가멤논의 에토스를 잘 파악하는 클뤼타임네스트라는 앞서 트로이아에서의 끔찍한 만행을 예견했던 것처럼 이번에도 그녀의 예측은 빗나가지 않는다.

질투를 사지 못하는 자는
부러움을 사지도 못하지요. (939)

ὁ δ᾽ ἀφθόνητός γ᾽ οὐκ ἐπίζηλος πέλει.

융단을 밟으며 입성할 것인가 말 것인가를 두고 고민하는 틈새로 그의 부인이 내뱉은 이 말은 가히 촌철살인의 묘수로 보인다. 신적 질서에 대항하는 죄를 범하지 않겠다는 그의 선택을 살짝 비켜 가며 인간적 자존심의 문제로 휘브리스를 전유하는 왕비의 전략이 잘 드러난 대목이다. 바로 앞 절에서 '만약 동방의 군주 프리아모스(Πρίαμος)라면 어떤 선택을 했을까요?'(935)라며 은근히 인간적 자존심을 자극하는 질문을 던지는데, 그는 즉각적으로 "융단 위를 걸었을 것이다"(936)고 답한다. 신성에 관련된 문제를 인간적 문제로 끌어내리는 데 성공한 왕비는 다음 단계로 백성들의 이목과 원성을 살까 두려워하는 왕(938)을 향해 그들의 소리는

‘질투’의 소치이며 ‘부러움’의 표출에 불과하다고 설득한다. 왕비의 유혹적 속삭임과 왕 자신의 욕망이 중첩되는 시점이 바로 이때이다. 앞선 인용(918~922)에서 확인한 바와 같이, 아가멤논의 초점은 신성에 있다. 진정한 주권자이며 승리자는 제우스 신이며 인간은 그의 뜻을 수행하는 사역자이기에 승리의 공을 자신에게 돌리는 것은 불경죄에 상당한 행위이다. 즉, 그의 두려움은 신의 질투(947)를 유발시키는 불경죄를 범하지 않고자 하는 점에 근거하고 있다. 하지만 왕비에 의해 이 질투가 인간적 자존심의 문제로 전유되며 그 두려움이 희석되어 버리자 마침내 융단 위를 걷는 선택을 한다. 그녀의 마법 같은 설득에 ‘굴복’한 것이다.

클뤼타임네스트라:

굴복하세요, 진정한 승리자라면

나 같은 여자에게는 기꺼이 양보하세요.

πιθου, κρατεις μεντοι παρεις ἑκων ἐμοι.

아가멤논:

꼭 이겨야겠다면, 그렇게 하리라. (943~944)

ἀλλ᾽ εἰ δοκεῖ σοι ταῦθ᾽,

여기서 아가멤논을 진정한 승리자(κρατεις μεντοι)로 추켜세우며 자존심을 한껏 북돋우지만 실상은 그를 파멸시키는 올무를 놓는 것이다. 그런데 주목해야 할 점은, 둘 사이의 이러한 일련의 전투 같은 언쟁은 아가멤논 자신의 자유의지적 선택으로 종지부를 찍는다. '기꺼이 양보하다'로 번역한 παρεις ἑκων이 자유의지에 근거한 선택적 판단을 강조하는 어휘군인 점이 이를 뒷받침하고 있다. 아울러 래티모어(R. Lattimore)의 영역본 역시 'Give way of your free will'로 번역하며 ἑκων을 '자유의지'에 입각해서 해석하는 점이 주목할 만하다. 더 나아가 이는 트로이아 전쟁을 둘러싼 일련의 과정, 즉 참전, 출항, 전장에서의 모든 결정과 귀환에 이르는 모든 아가멤논의 선택은 자신의 에토스에서 발동하는 자유의지에 의한 것이며 그 책임 또한 그 자신에게 묻고 있음을 시사한다. 무대 밖에서 이루어진 대부분의 사건과 사실마저도 자유의지적 선택의 범주로 재단하여 무대 안으로 끌어들이는 이러한 극적 장치를 통해 결국 그 자신의 휘브리스가 자신의 운명을 결정하는 주된 동인임을 드러낸 것이다.

따라서 클뤼타임네스트라에 의해 정의의 이름으로 실행되는 아가멤논 왕 시해사건이 일정 부분 용납될 수밖에 없는 전제가 바로 이 자유의지와 운명의 중첩성이다. 그의 죽음은 아트레우스가의 저주와 그 운명의 연결고리 속에 내포된 것이며(1497~1504)

딸을 산제물로 바친 것과 가정을 배반한 것, 그리고 수많은 무고한 생명을 해친 것에 대한 정당한 대가이기도 하기 때문이다(1397~1398; 1431~1447). 그런데 이런 클뤼타임네스트라 역시 왕을 시해하고 왕위 찬탈을 하며 폴리스 아르고스를 전제정치의 위험에 빠뜨리고(1354~1355, 883~884), 정부 아이기스토스(Αἴγισθος)와 공모하여 권력과 재산을 탈취하는 행위(1638~1639)는 아가멤논을 능가하는 휘브리스를 범하는 것이다. 신적 질서에 대항하며 국가 전복을 꾀하는 왕비의 악행 역시 또 다른 심판을 맞이할 것으로 예견되며, 운명의 연결고리에서 헤어나지 못하는 가문의 저주에 대해 두려움과 안타까움으로 지켜보는 원로들은 오레스테스의 귀환으로 저주의 연결고리를 끊고 회복될 새로운 질서를 갈망한다(1667). 그런 까닭에 제2부 『코에포로이』에서는 클뤼타임네스트라의 잘못된 선택과 도덕적 타락에 대한 오레스테스의 분노가 폴리스 전체로 확산되는, "공동의 증오"(κοινὸν ἔχθος, 101)로 환원되는 점에 유의해야 한다. 아울러 오레스테스의 정의는 아폴론과 제우스 신의 정의와 그 궤를 같이하는 정당한 선택임을 강조하고 있다(Goldhill 24).

> 이 같은 신탁을 내 어찌 외면하리오? 설령
> 신탁을 믿지 않는다 하더라도 반드시 복수는 해야 하오.

여러 가지 이유가 날 그렇게 종용한다오.

무엇보다 신의 명령이며, 부친에 대한 격한 슬픔,

그리고 재산을 빼앗긴 궁핍함이지요.

아울러 용맹을 떨치며 트로이아를 함락시킨,

가장 영광스런 우리의 자유 시민들이

여자들에게 굴복 당한 것이지요. (297~304)

τοιοῖσδε χρησμοῖς ἆρα χρὴ πεποιθέναι;

κεἰ μὴ πέποιθα, τοὔργον ἔστ' ἐργαστέον.

πολλοὶ γὰρ εἰς ἓν συμπίτνουσιν ἵμεροι,

θεοῦ τ' ἐφετμαὶ καὶ πατρὸς πένθος μέγα,

καὶ πρὸς πιέζει χρημάτων ἀχηνία,

τὸ μὴ πολίτας εὐκλεεστάτους βροτῶν,

Τροίας ἀναστατῆρας εὐδόξῳ φρενί,

δυοῖν γυναικοῖν ὧδ' ὑπηκόους πέλειν.

비록 아폴론의 신탁을 믿지 않는다 하더라도, 그 복수는 반드시 이루어져야 한다는 당위적 선언은 앞으로 오레스테스가 행할 모친 살해가 신적 질서를 재건하는 신성한 과업인 것은 물론이며 폴리스적 요구에 부합하는 합목적적 선택에 의한 행위이고, 그 책임은 자신을 포함한 사회 전체의 묶임을 시사한 것이다. 이때 사용된 어휘들에 주목할 필요가 있는데, 먼저 πολίτας는 목적격 복수형이며 그 원형은 πολίτης이고, 그 의미는 '시민'이다. 이에 대비된 단어 ὑπηκόους는 역시 목적격 복수형으로 일치되어 있으며 그 원형은 ὑπήκους이고, 그 의미는 '하인'이다. 자유민주주의의 핵심 정체인 도시국가 폴리스(πολίς)와 주체인 사람을 지칭하는 폴리테스(πολίτης)의 관계를 고려할 때, 주체적 지위를 상실하며 종속적 하인이나 종의 상태가 된 폴리테스의 몰락은 도시국가 자체의 몰락과 동일시되는 점에 주목해야 한다. 따라서 클뤼타임네스트라와 아이기스토스에 의한 왕위 찬탈 행위와 그 폐해는 개인 가정의 문제가 아니라 폴리스 전체의 문제로 확대되며 동시에 회복과 치유의 능력 있는 통치자를 갈망하게 된다. 이러한 치유의 손길은 비이성적 튀모스(θυμός)에 좌우되는 여성(정해갑 2016: 113)이 아니라 역동적 합리성을 추구하는 남성적 통치에 의해 가능함을 암시하며 작가는 '한 쌍의 여자들'(δυοῖν γυναικοῖν)이라는 표현을 사용한다. 즉, 비이성적이고 비열한 남성 아이기스토스와 여성 클뤼타임네스트라를 하나의 카테고리로 묶는 표현이 바로 그것이기 때문이다.

오레스테스가 아이기스토스와 클뤼타임네스트라를 살해하는 것은 개인적 사건이 아니라 폴리스 아르고스가 합의한 이성적 선택이며 정당한 보복 행위이고, 전복된 국가와 가정을 재건하는 구원자로서 그의 역할이 두드러진다(973~977). 코로스(χορός)는 다음과 같이 그 선택의 정당함을 재차 강조한다.

> 당신의 보복은 옳았습니다. 그러니 저주스런 말로
> 입을 더럽히지 마오, 스스로 악담은 마오.
> 폴리스 아르고스 모두를 구원하시며,
> 그 뱀들의 목을 한방에 날리셨으니, (1044~1047)

> ἀλλ᾽ εὖ γ᾽ ἔπραξας, μηδ᾽ ἐπιζευχθῇς στόμα
> φήμῃ πονηρᾷ μηδ᾽ ἐπιγλωσσῶ κακά,
> ἐλευθερώσας πᾶσαν Ἀργείων πόλιν,
> δυοῖν δρακόντοιν εὐπετῶς τεμὼν κάρα.

그 무시무시한 뱀들, 축자적 번역으로는 '한 쌍의 용들'(δυοῖν δρακόντοιν)인 그들을 일망타진한 오레스테스는 폴리스 아르고스를 악의 굴레에서 해방시킨 구원자이다. 그럼에도 불구하고 자신의 손으로 모친살해를 저질렀다는 죄책감에 스스로를 추방시키며 방랑의 길을 떠나고자 하는 그에게 코로스가 던지는 말이다. 이는 앞서 언급된 클뤼타임네스트라의 휘브리스를 조명하는 시각과 대조적이다. 보복정의의 연쇄적 연결고리가 운명을 형성하는 아티카 비극의 관점에서 볼 때, 아트레우스가의 저주의 연결고리에 엮인 이들의 비극적 운명은 닮은꼴이지만 다른 해석의 스펙트럼을 지닌다. 클뤼타임네스트라에 의한 국왕시해 사건 역시 신적 정의의 이름으로 거행된 것은 사실이지만(1397~1398; 1431~1447) 그 수행방법적 정당성에 의문을 던지게 된다. 그녀가 선택한 행위의 근저에는 사적 욕망과 충동이 자리잡고 있으며, 이러한 파괴적 마녀성이 그녀의 운명을 결정하는 변별적 자질로 작동 한다. 이와는 대조적으로 오레스테스의 운명을 결정짓는 것은 파괴된 폴리스의 질서를 회복하고자 하는 그의 순수한 동기와 목적이며, 아울러 공통의 증오와 사회적 합의에 호소하는 그의 에토스이다. 이는 고통을 통한 깨달음이 있는 자의 도덕적 우월성이며 그의 선택의 탁월함을 이끄는 원동력이 되어, 마침내 에우메니데스의 축복까지 받게 된다(Dodds 61).

따라서 삼부작의 마지막 작품 『에우메니데스』에서 오레스테스의 운명을 결정할 아레오파고스 법정의 중심과제는 그의 선택의 정당성 여부를 판단하는 것이다. 즉 이제까지의 보복정의라는 연쇄적 연결고리를 형성했던 운명의 틀로부터 개인의 자유의지와 선택에 대한 법적 판단의 문제로 옮겨가는 시대적 요구가 법정이라는 형식으로 표출된 것이다. 이러한 형식을 통해 운명이라는 틀 속에 중첩된 자유의지를 분리 독립시켜 평가하고 판단하는 고전 계몽주의 시대의 새로운 지평이 열린다. 또한 이러한 새로운 시도는 아테나이 민주주의 체제의 근간을 이루는 합의와 설득의 계몽정신에 내포된 인간 자유의지와 선택의 숭고함을 숙고하게 한다.

운명의 실타래를 풀어나가는 과정에서 오레스테스의 유죄를 주장하는 복수의 여신들, 즉 에리뉘에스(Ἐρινύες)는 모친 살해가 혈육을 배반하는 가장 불경한 죄임을 강조하며 그의 죽음으로 보복정의를 실현하고자 한다. 보복정의라는 측면에서만 본다면, 남편을 살해한 클뤼타임네스트라는 혈육과 무관한 살인 죄인이지만, 오레스테스는 혈육살해의 죄를 범한 자이므로 죄의 등가가 성립되지 않는다는 주장이다. 같은 살인죄라도 그 죄의 무게는 전혀 다른 것이므로 오레스테스는 용서받지 못할 범죄자이며 죽음으로 사죄해야 한다는 것이다(604~608). 반면에, 오레스테스를 변론하는 아폴론 신은 모친은 생명의 씨앗을 양육하는 자에 불과하며 진정한 의미의 혈친이 아니라는 논리로 맞선다(658~660). 진정한 혈친은 “씨를 뿌리는 자”이며 모친은 남편에게나 자식에게나 이방인이고, 아테나 여신처럼 모친 없이 부친으로부터 태어날 수 있음을 강변한다(660~666). 오히려 혈친과 무관한 모친살해보다는 국왕을 살해하고 국가를 위태롭게 한 것과 부부의 도리를 저버린 클뤼타임네스트라의 죄가 더 중하다는 주장이다(625~639).

이런 법정 다툼의 근저에는 전통적인 신화적 사유와 인간 중심의 소피스트 사상이 교차하는 고전 계몽주의의 시대정신이 자리잡고 있다(정해갑 2014: 181~182). 이전까지 지배적 우위에 있었던 개념인 보복정의와 운명에 대한 재해석이 요구되는 새로운 장이 펼쳐진다. 이런 맥락에서 아레오파고스 법정은 가부동수로 표결짓는데(752~753), 이에는 클뤼타임네스트라와 오레스테스 양자 모두를 운명의 늪에서 구원하는 전략이 내포되어 있다. 악행을 저지른 자에게 대가를 치르게 한다는 보복정의의 고전적 진리는 훼손 되지 않으며 사실상 오레스테스의 손을 들어준 이중적 판결이기 때문이다. 이로써 클뤼타임네스트라를 대변한 에리뉘에스에게 신권이 부여되고(794~807), 이 신성은 에우메니데스라는 자비의 여신으로 탈바꿈하며 오레스테스를 해방시켜 준다. 이런 합의와 설득의 아레오파고스 법정은 인간 운명의 문제를 자유의지와 선택의 문제로 환원시킨 최초의 장이며, 개인의 에토스를 운명의 틀에서 분리함으로써 비극의 종언을 지향하는 아이스퀼로스 ★미 학의 두드러진 특징을 잘 드러낸 장이기도 하다(Paul Ricoeur 228).

3

아이스퀼로스가 그려내는 이러한 운명의 능동적 역동성은 맥베스의 운명적 삶을 통해 현현되는 신탁과 파멸의 인생역정을 조명하는 데도 유용한 모티프가 된다. 아가멤논이 그랬던 것처럼, 맥베스의 하마르티아는 운명이 지니는 이중성, 즉 신의 뜻과 인간 의지와 선택이 교차하는 중첩성을 이해하지 못하고 욕망에 사로잡힌 자의적 해석에 치우쳐 신탁을 절대시한 것이다. 다시 말하자면, 자신의 욕망을 신탁의 이름으로 절대화시키는 오류를 범한 것이다. 이를 논하기 앞서, 먼저 『맥베스』 1막 1장에서 주어진 마법의 수수께끼, 즉 "매력적인 것은 악하고, 악한 것은 매력적이다"(Fair is foul, and foul is fair)(1.1.11)는 표현을 숙고할 필요가 있다. 이 명제적 표현 속에서 두드러진 점은 이중성이다. 즉, 매력적인 것과 악한 것은 역설이라는 역동성의 관점에서 보면 서로 중첩된 개념이며, 불가분의 관계에 있다. 앞에서 클뤼타임네스트라가 아가멤논을 무너뜨린 논리가 바로 이것인데, 질투를 사지 못하는 자는 부러움을 사지도 못한다(939)고 말할 때 질투와 부러움은 서로 대립된 개념이기보다는 중첩적 개념이다. 더 나아가 『창세기』(Genesis) 3장의 선악과는 기계적 운명론을 넘어선 자유의지의 역동적 이중성을 담는 원형적(archetypal) 모티프를 제공한다(정해갑 2009: 245~247 참조).

이런 역동성의 관점에서 볼 때, 운명과 선택의 문제는 인간의 주체적 사유와 행위로 환원되며 그 책임 또한 자신의 몫으로 남는다. 그러한 과정에 동반되는 고통을 통해 깨달음을 얻는 아티카 비극의 숭고미가 르네상스 미학으로 부활하는 지평에서 우리는 맥베스의 아픔에 동참하게 된다. 아울러 이 아픔 속에서 인간 운명을 포함한 세상의 모든 존재의 양면적, 상대적 가치를 인지하며 절대적 신의 섭리와 인간 자유의지의 교차적 역동성을 통찰하게 된다. 겉으로 좋아 보이는 것, 겉으로 매력적인 것 속에 내재하는 악의 실체를 바라보는 생의 마지막에 이르러서야 비로소 이러한 깨달음에 눈을 뜨며, 마법에서 풀려난 맥베스는 "이중의 의미"(a double sense)(5.8.20)에 자신이 속았다고 부르짖는다. 엄격히 말하자면, 마녀가 그를 속인 것이 아니라 신탁을 자의적으로 해석한 자신의 욕망이 선택한 결과이며 그 책임 또한 그 자신에게 있다. 그의 비극적 인생 여정은 신탁을 통해 자신의 욕망을 절대화시키는 오류, 즉 마법적 환상에서 시작하여 그것의 종언으로 끝나는 과정으로 볼 수 있다.

반란군을 진압하고 귀환하는 맥베스에게 마녀들이 마법을 걸며 접근한다. 그리고는 "글래미스 영주" "코더 영주" "장차 왕이 될 자"라고 칭하며(1.3. 48~50) 신탁을 전한다. 앞선 두 가지는 엄격한 의미에서 예언은 아니다. 맥베스는 이미 글래미스 영주이고 코더 영주라는 칭호는 이미 왕의 명에 의해 사신들이 전해 오고 있는 시차간격이 있는 사실이기 때문이다. 그러므로 예언적 신탁은 '왕'이 된다는 계시에 초점이 있다. 즉, 시차간격이 있는 사실을 신탁의 범주에서 제외한다면 사실 성취된 예언은 아직 아무것도 없는 상태이다. 하지만 흥미로운 점은 이런 예언적 발언에 대한 맥베스의 반응이다. 맥베스가 아무 말도 하지 못한 채 놀라며 두려워하는 모습을 읽을 수 있는데(1.3.51), 이는 왕위에 대한 자신의 은밀한 욕망이 노출되어 폭로된 것에 대한 반응이며 그는 애써 이를 감추려는 듯하다. 곧 뱅코우(Banquo) 가문에 대한 예언이 이어지며, 그 자손들이 왕위를 대대로 계승할 것이라고(1.3.67) 하자 맥베스는 황급히 입을 연다. "거, 잠깐, 모호하게 말하지 말고 똑똑히 말하라"(Stay, you imperfect speakers, tell me more)(1.3.70). 여기서 왕이 되는 것은 맥베스 자신인데, 그 왕위는 뱅코우 가문이 차지한다는 수수께끼 같은 말이 그를 어리둥절하게 만들었기 때문이다. 왕이 건재한 상태이며 그 후계자도 또한 그러하지만 자신의 욕망이 만들어낸 환상의 마법에 걸려든 맥베스는 더 이상의 이성적 사유나 판단을 차단당한 채 자신의 욕망에 자신의 운명을 맡겨 버린다.

사신들의 소식을 접한 후, 맥베스와 뱅코우의 태도, 그리고 그에 따른 선택이 서로 상반된 점이 드러나는데, 이것은 그들의 자유의지에 입각한 대조적 에토스를 반영하는 것이다. 뱅코우는 거짓의 영인 마녀가 "어떻게 진실을 말할까"(1.3.107) 하며 의심스런 숨은 의미에 집중하고, 마녀의 신탁을 "곧이들으면" 초래할 수도 있는 유혹과 모반을 경계하며 오히려 맥베스의 욕망을 염려한다(1.3.120~126). 매력적으로 보이는 것이 그 종국에는 악한 것이 될 수도 있기 때문이다. 그 반면 맥베스는 흉조인지 길조인지 모호한 속에서 이미 성취되었다고 믿는 예언을 근사한 서막같이 여기며 유혹의 늪으로 침잠해 가고, 국왕 살해와 왕위 찬탈의 은밀한 욕망을 애써 감추려 하지만 이미 그것의 환상이 던지는 불안과 공포에 사로잡혀 심신이 마비되어 간다(1.3.127~142). 욕망과 공포 사이에서 망연자실하며 한걸음 뒤로 물러서서는 "왕이 될 운명이라면" 어떻게든 왕관을 씌워주겠지(1.3.143~144)라며 애써 그 환상을 떨쳐버리려 애쓴다.

맥베스의 이런 갈등하는 모습은 아가멤논이 이피게네이아를 산제물로 희생시키라는 신탁을 마주한 상황과 유사하다. 자신의 지위와 대의명분 등을 상기하며 악하고 불경스런 선택을 하는 아가멤논처럼, 맬컴(Malcolm)의 세자 책봉 계획을 접하자(1.4.37~39), 신탁에 따라 그에게로 오게 될 왕관에 대해 의심이 생기며 즉시 그의 야망이 재점화되고 오히려 오만 불경한 계획이 확고해진다(1.4.51~52). 이러한 상황은 아이러니이다. 신탁에 의해 시작된 운명에 대해 진즉에 그 운명을 의심하며 스스로 자력으로 그 예언을 성취하려는 것은 모순이며, 이는 나중에 자신의 자유의지와 선택에 책임을 돌릴 수밖에 없는 주요한 단서로 작동한다. 이처럼 운명과 욕망 사이에서 갈등하며 혼란스러워하는 맥베스의 에토스를 누구보다 잘 간파하는 인물이 그의 부인이다. 그녀는 자신의 남편이 출세욕은 강하지만 독한 마음이 없다고 말하며(1.5.19~21), "내 영혼을 당신 귀에 부어 주고" "내 혀의 능력"(valour of my tongue)으로 일에 박차를 가한다면 "운명과 초월적 도움"(fate and metaphysical aid)으로 왕이 될 것이라고 확신한다(1.5.27~31). 이는 클뤼타임네스트라가 아가멤논의 휘브리스를 부추겼던 것과 일맥상통하는 것으로, "악한 생각을 더하는 악령이여, 내게 와서 여자의 연약한 마음을 제하고 머리부터 발끝까지 잔악함으로 채워 달라"고 기원한다(1.5.41~44). 스스로 악역을 자청하는 맥베스 부인은 신탁을 절대화시키며 미래의 환상에 모든 것을 맡겨 버린다(1.5.57~59). 맥베스의 의지마저 자신이 장악하며 "오늘 밤의 큰 일은 내게 맡겨라"(1.5.68~69), 표정관리나 잘하고 있으면 나머지 일은 모두 자신이 알아서 하겠다며 남편을 설득하며 종용한다(1.5.72~74).

하지만 여전히 갈등 상태인 맥베스는 내세의 심판은 고사하고 현세에서 이런 악행은 심판 받을 것이며 "정의의 손"(even-handed justice)은 독배를 만든 자의 입에 그것을 부어 넣을 것이기에 결행할 수 없다고 물러선다(1.7.6~12). 악을 행한 자에게 그 대가를 치르게 한다는 아티카 비극의 정의의 원리가 르네상스 비극에서 그대로 부활하는 정황이다. 친척이며 신하, 그리고 손님과 주인간의 도리(필리아, φιλια)를 고려할 때 국왕살해는 용납될 수 없는 짓이며, 이런 잘못된 선택은 "날뛰는 야망"(vaulting ambition)의 소치일 뿐이며 도를 지나치면 엉뚱한 재앙을 부르게 되므로 스스로 자제하며 추스른다(1.7.12~27). 자줏빛 융단을 앞에 두고 설전을 벌였던 아가멤논과 클뤼타임네스트라처럼, 맥베스 부인의 "혀의 능력"이 펼쳐지고 "대장부답게" 결정한 일은 과감히 결행할 때 "한층 더 대장부다워진다"는 논리로 맥베스의 휘브리스를 부추긴다(1.7.47~58). 결국 클뤼타임네스트라의 남성다운 힘, 즉 크라토스(κρατος)에 정복당한 아가멤논처럼, 맥베스 역시 그렇게 정복당하고 만다. "결심했어"(I am settled)(1.7.79).

이로써 국왕 살해와 왕위 찬탈이 일어나고 그 결과 신탁이 성취된다. 이러한 성취가 운명이라고 한다면 그 운명을 실현시킨 것은 인간의지와 선택이다. 물론 그 책임 또한 그것을 택한 인간에게 돌아갈 것이다. 사실, 타인으로부터의 책임 추궁이 있기 이전에 잘못된 선택에 대해 자신의 내부에서 시작된 양심의 질책이 마음의 불안과 근심을 증대시킨다. 왕위찬탈을 신탁에 의한 운명적 사건으로 포장하려 하지만, 아이러니하게도, 자신의 '악한' 의지와 선택이 만든 결과임을 그 스스로의 양심이 드러내고 있다. 이에 "악으로 시작한 일악으로 지킬 수밖에 없다"(Things bad begun make strong themselves by ill)(3.2.55)는 고백적 발언과 더불어 최악의 수단을 동원해서라도 끝까지 자신의 뜻대로 추진하기로 마음을 다진다. 오이디푸스를 향한 코로스의 안타까운 대사가 연상되는 지점이다. "오만(휘브리스)은 폭군을 낳는도다. 부당하고 무익한 과욕으로 채워진 오만은" "곤두박질치는 법"(OT. 874~877).

그의 커져가는 불안과 근심을 잠재우는 방법으로 뱅코우와 그 아들마저 살해하기로 계획을 꾸몄지만 절반의 실패(3.2.20~21)가 자초한 뱅코우의 환상이 궁중연회를 난장판으로 만들고, 맥다프의 불참이 그를 더욱 불안하게 만들자 자신의 선택에 거듭 의심을 하고 마녀의 신탁을 좀 더 듣기로 작정한다(3.4.132~134). 하지만 신의 뜻과 인간의지와 선택의 기로에 선 맥베스는 자신의 죄악을 생각하며 돌이키기보다 신탁에 절대적 운명을 거는 행보를 선택하며 휘브리스의 극단을 치닫자 마녀 헤카티는 "오만은 인간의 가장 큰 적"(3.5.32~33)이라고 경고한다. 마녀가 천사의 말을 하는 이 또한 아이러니이며, 자신이 선택한 길을 절대적 운명으로 돌리는 것 또한 그러하다. 하지만 여기서 다시 한번 되새겨볼 것은,

자유의지의 원형인 최초의 인간 아담과 하와가 선악과를 따먹은 것은 운명이 아니라 선택이며 그에 상응한 책임이 따른다는 점이다(김라옥: 87~89 참조). 그들은 따먹을 자유와 먹지 않을 자유가 동시에 부여된 의지적 존재이기 때문이며 그 책임은 그 스스로의 휘브리스에서 찾아야 할 것이다. 기계적 운명관을 부정하는 아티카 비극과 르네상스 비극의 한 주요한 공통점이 바로 이 자유의지이다.

그리고 마녀들이 불러낸 세 환영들은 세 가지 신탁, 즉 맥다프를 조심하라; 담대하라, 여자에게서 태어난 자로 맥베스를 해할 자가 없다; 그리고 사자같이 당당하라, 버넘숲이 던시네인 언덕을 쳐서 올 때까지는 결코 패하지 않을 것이라는 말을 남기고 사라진다(4.1.71~94). 이 예언에는 맥베스의 휘브리스를 노출시키기 위한 마녀의 전략이 내포되어 있다. 즉, 이러한 조건부 예언은 사실상 예언이라기보다 극단적 상황을 자초 혹은 선택하는 맥베스를 향한 마지막 경고이기 때문이다. 이러한 이중적 신탁을 자신의 욕망에 사로잡혀 자신의 방식으로 해석하고 무조건적으로 절대화하는 맥베스는 '아무도' '어떤 경우에라도' 자신을 넘어뜨릴 수 없다고 믿는다. 이같이 스스로 택한 길이 비극적 종말을 맞는 그 순간에 가서야 비로소 "이중의 의미"(5.8.20)에 자신이 속았다고 울부짖는다. 인간 중에 가장 위대한 자이며 가장 지혜로운 자였던 오이디푸스가 자신의 저주를 피하기 위해 선택했던 가장 지혜로운 길이 자신의 무덤을 향한 길이었음을 상기할 필요가 있다. 결국 신탁을 실현하는 것은 인간 의지이며 이러한 의지가 휘브리스와 교차할 때 비극이 탄생한다는 점에서 셰익스피어 비극은 아티카 비극을 닮아 있다.

4.

아가멤논과 맥베스의 운명을 통해 볼 수 있는 공통점은, 신의 뜻과 그것을 수행하는 인간의 에토스가 교차하는 지점에서 인간 운명이 결정된다는 것과 신의 뜻은 인간의 선택에 대해 '이중적'으로 열려 있다는 것이다. 이러한 이중성은 인간 자유의지의 근거가 되고 그 책임 또한 자유 의지의 주체인 인간에게 있다는 운명의 역동성을 조명한다. 선악과를 통해 그 원형적 모티프를 찾을 수 있는 것처럼, 유혹과 인간 타락의 역사는 기계적 운명론이 아닌 자유의지의 역동성에서 그 비극적 숭고미를 발견하게 된다. 이는 신의 뜻에 순응할 자유와 거부할 자유가 동시에 부여된 인간의 주체적 능동성에 초점이 놓일 때 비로소 아티카 비극과 르네상스 비극이 내포한 보편적 미학이 돋보이게 되는 토대이다.

아가멤논과 오레스테스에게 대물림되는 아트레우스 가문의 저주가 보복정의의 이름 하에 연쇄적 연결고리처럼 얽혀 있다. 이러한 연결고리가 운명이라고 통칭할 때, 주목할 사실은 그 운명을 가동시키는 핵심에는 인간 자유의지가 작동하며 이 후자가 오히려 전자를 이끄는 역동적 힘으로 역할을 한다는 점이다. 아가멤논이 신의 뜻을 좇아 트로이아 전쟁을 시작하고 결국 승리로 이끄는 것은 보복정의의 관점에서 신성한 과업이지만, 그 전쟁의 수행과 귀환 과정에서 노출된 수많은 불의와 악행은 그 자신의 에토스에 책임을 묻게 된다. 즉, 그의 의지와 선택이 자신의 불행한 운명을 결정한 것이며 그 대표적 하마르티아가 오만 불경함 혹은 휘브리스이다. 전쟁의 참전 동기에서부터 이미 이러한 휘브리스의 싹이 트고 있는데, “많은 남편을 둔 한 여인을 위해”(62), 부정한 여인 헬레네를 위해 시작된 전쟁이기 때문이다. 이는 시민들의 합리적 동의를 얻지 못한 전쟁이며 자신의 오만과 욕망 때문에 저질러진 수행방법적 오류가 많은 전쟁이다. 과연 그토록 대규모의 시민들을 동원해서 쌍방 간에 지나친 희생을 치르게 하는 것이 방법과 목적상 정당한지에 대한 의문을 품게 된다. 이에 생명의 여신 아르테미스는 신탁의 징조를 통해 경고하지만, 악령(Ἀτη)에 사로잡힌 아가멤논은 자신의 딸까지 산제물로 희생시키며 전쟁을 결행하고, 전장에서 무고한 수많은 피를 흘리게 한다.

심지어 신성한 제단을 짓밟는 죄까지 범하며 사디즘적 광기의 극단을 치닫는다.

이런 휘브리스는 그의 부인 클뤼타임네스트라에 의해 정의의 이름으로 심판 받게 된다. 그리고 보복정의의 연결고리 하에 그녀 역시 자신의 아들 오레스테스에 의해 살해된다. 이때 정의라는 관점에서 이 두 인물의 보복은 정당해 보이지만, 아가멤논의 경우와 마찬가지로 운명적 사건 속에 내재된 개인의 에토스에 그 책임을 묻는다. 아레오파고스 법정에서 벌어지는 논쟁에서 그 핵심을 찾을 수 있는데, 클뤼타임네스트라의 국왕살해는 그녀의 파괴적 마녀성에 기인한 것인 반면, 오레스테스의 경우는 사회적 합의에 근거한 폴리스 아르고스의 질서회복을 향한 순수한 에토스의 발로라는 점이 두드러진다. 아울러 가문의 저주와 운명의 문제를 자유의지와 선택의 문제로 환원시키며 운명의 틀에서 개인의 에토스를 독립 분리시키는 기제로 작동하는 법정의 의미가 아테나이 민주정치를 돋보이게 하는 점도 간과할 수 없다(Rocco 144).

"매력적인 것은 악하고, 악한 것은 매력적이다"는 수수께끼 같은 이중적 의미를 깨닫지 못하고 마법의 희생자가 된 맥베스 또한 그 자신의 운명에 대해 그 스스로의 에토스가 답을 해야 한다. '왕이 될 자'라는 마녀의 신탁은 매력적인 동시에 악한 "이중의 의미"가 중첩된 운명을 예언한다. 하지만 이미 욕망의 노예로 전락한 그의 이성은 판단과 제어 능력이 차단당한 채 마법의 환상 속으로 질주한다. 이에 그의 욕망을 부추기는 맥베스 부인의 '의지', 즉 "혀의 능력"이 그것을 더욱 가속시킨다. 그 결과 성취된 왕위는 운명적으로 주어진 축복이 아니라 악한 의지와 악행의 산물(things bad begun, 3.2.55)이며 연속적 악행으로 점철되는 비극의 시작이다. 그리고 그 악행의 끝에는 그들 자신의 죽음과 파멸이 기다리고 있다. 이같이 극단의 휘브리스로 치닫는 이들에게 마녀 헤카티는 "오만은 인간의 가장 큰 적"이라고 경고한다.

맥베스 자신의 비극적 운명을 결정한 것은, 아가멤논과 마찬가지로, 자신의 휘브리스이다. 마녀에 의해 주어진 이중의 의미가 내포된 신탁을 자의적으로 해석하며 절대화시킨 것은 운명이 아니라 그 자신의 판단이며, 그것을 실행한 것도 그 자신의 의지이며 선택이다. 왕이 되는 것은 매력적이지만, 그 과정의 악행을 예감하는 뱅코우가 오히려 이러한 맥베스의 행보를 걱정하며 염려했던 점을 상기할 필요가 있다. 뱅코우는 악한 영인 마녀가 진실을 말할 수 없다는 아주 평범한 보편적 진리에 입각해서 오히려 신탁의 숨겨진 의미에 관심을 집중했던 대조적 에토스의 인물이다. 이러한 대조적 에토스는 운명을 둘러싼 르네상스 비극의 미학이 아티카 비극에 그 뿌리를 두 고 있음을 시사한다. 즉, 신화와 이성의 소용돌이와 회귀를 통해 역동적 조 화를 이루어낸 B.C.

5세기 고전 계몽주의 시대의 꽃인 아티카 비극이 셰익스피어를 통해 부활하는 르네상스 비극의 토대로 작동하기 때문이다. 따라서 오이디푸스와 아가멤논을 비극의 주인공으로 몰아간 것은 운명이 아니라 그 자신의 에토스라는 지평과 동일선 상에 맥베스의 고통과 깨달음이 자리잡는다. 결국 인간 운명을 실현하는 것은 인간 자유의지이며 그 의지와 휘브리스가 교차하는 지점에서 비극적 숭고미가 태동한다.

주제어: 『아가멤논』, 『맥베스』, 운명, 휘브리스, 보복정의, 자유의지
Agamemnon, Macbeth, fate, hybris, justice, free will

인용문헌

김라옥. 인간 타락의 담화로서의 『맥베스』: 『맥베스』와 『제니시스』 3장의 비교. 『세계문학비교연구』 17(2006): 87~108.

정해갑. 에우리피데스의 여성인물 연구: 『메데이아』, 『헤카베』, 『박카이』에 나타난 이중성을 중심으로. *Shakespeare Review* 52.1(2016): 97~116.

정해갑. 아이스퀼로스의 극장정치에 관한 연구: 『아가멤논』과 『페르시아 인들』을 중심으로. *Shakespeare Review* 54.1(2018): 53~76.

정해갑. 그리스 비극을 통해 본 신성모독과 불경함에 관한 연구: 『박카이』와 『오이디푸스 왕』의 경우. 『영미어문학』 114(2014): 173~191.

정해갑. A Study on Free Will in Dante's La Divina Commedia and St. Augustine's De Libero Arbitrio. 『비평과 이론』 14.1(2009): 245~265.

Aeschylus. *Aeschylos Opera Omnia*. Charleston: Nebu P. 2001.

Aeschylus. *Aeschylus I: Oresteia*, Trans. Richmond Lattimore. Chicago: U of CP, 1953.

Dodds, E. R. *The Ancient Concept of Progress and Other Essays on Greek Literature*. Oxford: Oxford UP, 1973.

Goldhill, Simon. *Reading Greek Tragedy*. Cambridge: Cambridge UP. 1986.

Petrovic, Andrej & Ivana Petrovic. *Inner Purity and Pollution in Greek Religion:*

Volume I: Early Greek Religion. Oxford: Oxford UP, 2016

Ricoeur, Paul. *The Symbolism of Evil*, Trans. Emerson Buchanan. Boston: Beacon P. 1967.

Rocco, Christopher. *Tragedy and Enlightenment: Athenian Political Thought and the Dilemmas of Modernity*. Berkeley: UCP, 1997.

Shakespeare. *The Complete Works of Shakespeare*. Chicago: Scott P. 1961.

Sophocles. *Sophocles Opera Omnia*. Charleston: Nebu P. 2011

vWohl, Victoria. *Intimate Commerce: Exchange, Gender, and Subjectivity in Greek Tragedy*. Austin: UTP, 1997.

해설

아이스퀼로스의 극장정치에 관한 연구*

: 『아가멤논』과 『페르시아인들』을 중심으로

1.

그리스 비극 3대 작가의 태두인 아이스퀼로스(Αἰσχυλος, B.C. 515~456)의 시대는 전쟁의 역사로 불릴 만큼, 그리스, 특히 아테나이(Ἀθηναι)가 페르시아 제국을 상대한 수차례의 전쟁(B.C. 490, 480, 479)을 치르는 고통을 겪었고, 내적으로는 클레이스테네스(Κλεισθενης)의 정치개혁(B.C. 508)에서 시작 된 정치논쟁이 페리클레스(Περικλης)의 급진 민주정으로 넘어가는 과정에서 보수·혁신 간의 대립 갈등이 심화 일로에 있었다. 델로스 동맹(B.C. 477~

* 『Shakespeare Review』 54(1)에 실린 글.

431)과 더불어 친스파르타 노선을 유지하던 보수파 키몬(Κιμων)이 도편추방을 당하고(B.C. 464), 이로 인해 스파르타(Σπαρτα)는 아테나이와의 관계가 더욱 멀어지며 이후에 일어날 델로스 동맹의 결렬과 동시에 발발하는 펠로폰네소스 전쟁(B.C. 431~404)의 서막이 전개된다.

주목할 사실은, 페르시아 전쟁 중 세 번째 전투, 즉 팔라타이아 전투(B.C. 479)를 치른 이후 지중해의 실권을 장악한 아테나이가 델로스 동맹을 전유하며 패권주의로 치닫는다. 고전시대의 그리스 정치 지형도를 그릴 때, 다른 여느 국가들과는 달리, 개별 폴리스를 단위로 구분하는 것은 일반화된 사실이다. 즉, 남폴리스 아테나이, 북폴리스 테바이(Θηβαι), 서폴리스 코린토스(Κορινθος) 그리고 펠로폰네소스의 스파르타, 아르고스(Ἀργος) 등으로 표기하는데, 이는 각 폴리스의 독립적 성립과 성장 배경을 토대로 구분된 것이며, 엄격한 의미에서 고전시대까지는 하나의 통일된 그리스는 존재하지 않았다. 그런 까닭에 아테나이의 패권주의는 주변 폴리스의 왕들로부터 동의를 얻을 수 없는 정치상황이며, 더욱이 B.C. 454년 급진파 페리클레스의 주도 하에 델로스 동맹의 본부를 아테나이로 옮겨오는 배타적 정치행위가 감행되는데, 이는 내부 정쟁은 물론 주변 폴리스들의 적대와 갈등을 확대시키는 기폭제가 된다. 이러한 대내외적 정치상황은 스파르타를 중심으로 펠로폰네소스 동맹이 형성되는 계기가 되며 30년 가까운 폴리스간의 긴 전쟁으로 치닫는 주요인으로 작동한다.

이러한 아테나이의 내부적 혹은 폴리스 간의 정치상황이 아이스퀼로스의 극에 반영되는 것은 그의 두드러진 애국심과 그 궤를 같이 한다. 특히 테바이와 아르고스는 그리스 비극의 주요 무대가 되는데, 이는 아테나이가 비극의 무대가 되지 않은 것과 뚜렷한 대조를 이룬다. 아르고스의 반(反)아테나이 정서는 페르시아 전쟁 당시 아테나이를 중심으로 형성된 동맹군에 참여하지 않았다는 사실로 반증되며, 이는 이 전쟁에 두 차례나 참여한 군인이며 극작가인 아이스퀼로스의 뇌리에 깊이 각인된다. 그의 사후, B.C. 431년에 일어난 일이지만, 펠로폰네소스 전쟁이 발발하자 테바이가 선봉으로 아테나이를 공격해 온 사실은 그들의 반아테나이 정서를 드러내는 또 하나의 반증이며, 이로써 아이스퀼로스 시대의 아테나이 패권주의를 반추하게 한다.

아울러 주목할 사실은, 아이스퀼로스가 활동했던 아테나이 고전기는 정치와 종교가 획정되어 분리되지 않은 시대이며, 정치·종교의 최고지도자들인 아르콘(ἀρχων)들에 의해 극장이 관리되었다. 디오뉘소스 신을 향한 경배의식의 하나로 연극이 이루어지는 까닭에, 공연에 앞서 제의행렬이 있었고, 최고 지도자들을 중심으로 한 국가행사인 제의와 공연에 주변 폴리스들에서 온 사절단이

참석하고, 전쟁고아들의 성년식이 함께 거행됨으로써 애국심의 고취와 동맹결속을 제고하는 장이 되었다. 이러한 극장은 무엇보다도 시민교육을 위한 장이며, 공연작품 선정과 코레고스(χορηγος), 즉 후원자 선정은 아르콘들의 주요 임무 가운데 하나이고, 이렇게 선정된 코레고스는 공연에 주도적으로 관여하며 폴리스적 신화를 확대 재생산하는 극장을 통한 정치, 즉 극장정치(θεατροκρατια, theatrokratia)(Plato 701; 817)의 한 축을 담당했다. 하지만 때로는 의회나 법정처럼 시민 관객의 집회장으로 전유되거나 민주주의의 폐해를 생산하는 주축이 되는 불가피한 면도 있었다고 폴 카틀리지(Paul Cartledge)는 주장한다(9).

이런 극장정치의 관점에서 볼 때, 그리스 최초의 비극작품이 『페르시아인들』(Περσαι)이라는 점은 결코 우연이 아니며, 『아가멤논』(Ἀγαμεμνων)이 주목을 끄는 점은 정치·문화적으로 반아테나이 세력이며 친페르시아 성향의 폴리스 아르고스의 비극적 신화를 담고 있기 때문이다. 페르시아의 크세르크세스(Ξερξης)와 아르고스의 아가멤논은 여러 면에서 공통된 인물들이다. 무엇보다도 그들은 반아테나이 정서의 뿌리인 오리엔탈(Oriental)의 혈통을 공유하며, 아울러 그러한 혈통적 특성과 연계되어 발현되는 양상은 자주의식의 결여, 비이성적 오만함, 그리고 무분별한 판단과 행동 등이다. 아울러 주목할 점은, 이러한 특성들이 여성성(femininity)과 중첩되어 드러난다는 것이다. 이에 크세르크세스의 페르시아와 아가멤논의 아르고스가 노출하는 여성적 남성 혹은 남성적 여성에 의해 지배되는 비정상적 정치집단화 과정에 초점을 맞추어, 가정비극적 성격이 강한 아트레우스(Ἀτρευς)가(家)의 비극이 폴리스적, 정치적 범주로 전유되는 상황, 그리고 다레이오스(Δαρειος)가의 불경스런 침공과 신성의 보복에 주목하며 두 작품에 투영된 아티카(Attic) 패권주의를 둘러싼 극장정치의 양상을 고찰하고자 한다.

2.

『아가멤논』이 시작되는 발단부터 관객 혹은 독자의 주목을 끄는 특이한 점은, 폴리스 아르고스가 여장부에 의해 다스려지며 남녀의 역할이 전도된 곳, 더 나아가 통치 질서가 상실되어 독재참주의 출현이 예견되는 불안정한 도시로 부각되는 정황이다. 먼저, 트로이아(Τροια)에서 전파되는 그리스 연합군의 전황을 알리는 파수꾼의 입을 통해 클뤼타임네스트라(Κλυταιμνηστρα)를 대장부 같은 마음을 가진 여자로 묘사한다: γυναικος ἀνδροβουλον ἐλπιζον κεαρ(11). 여기서 여자의 마음(γυναικος κεαρ)을 수식하는 단어 ἀνδροβουλον과 ἐλπιζον이 주목을 끄는데, 전자는 ἀνηρ(남자 또 는 남편)와 βουλη(의지, 결심)의 합성어로 '사내답게 의지가 굳다'는 의미의 형용사이다. 후자는 동사 ἐλπιζω(희망하다)의 분사 형용사로 '신념에 차 있다'는 의미이며, 전자의 ἀνδροβουλον과 더불어 정치 지도자의 품성을 규정하는 핵심적 수식어이다. 그런데 여성인 클뤼타임네스트라가 사내답게 의지가 굳고 신념에 차 있다는 표현은 폴리스 아르고스의 정치적 상황에서 그 의도하는 바가 부정적임에 유념하며 해석해야 한다.

같은 맥락 하에 계속 이어지는 코로스(χορος)의 대사에서도 그녀의 정치력이 높이 평가되고, '지혜로운 남자'처럼 이치에 맞고 조리 있게 말하는 여자로 칭찬 받는다: κατ' ἀνδρα σωφρον' εὐφρονως λεγεις(351). 앞에서 보았던 문장구조와 유사하게, ἀνηρ(ἀνδρα, 남자)가 수식어 σωφρων(σωφρονα, 지혜롭다)을 동반함으로써 그녀는 지혜로운 남자의 역할을 수행하고 있으며, 더 나아가 현명한 정치 지도자의 품성에 부합하는 εὐφρων(εὐφρονως, 자애롭다)이란 수식어까지 부여받는데, 아티카 비극에서 이 단어는 자비롭고, 인자하고 덕망 있는 왕을 연상시키는 것이다. 이같이 작품 전반부의 대부분이 그녀의 남성적 권력 혹은 통치력, 즉 크라토스(κρατος)에 집중되어 있음에 주목해야 한다.

따라서 승전 소식을 의심스러워하는 코로스에게 그녀는 봉수대 운영이 얼마나 신뢰할 만하고 신속한지 설명하는데(281~316), 이때 드러나는 봉수대 운영 방식이나 지형 지리에 관한 그녀의 해박한 지식과 이해는 탁월하며, 이는 그녀의 크라토스를 증명하는 구체적 예로 작동한다. 아울러 시민 관객은 신성을 경외하는 지고한 통치 철학에 부합하는 카리스(χαρις, 신성한 선물)를 그녀의 다음 대사에서 카리스마(χαρισμα)로 받아들일 준비가 된다.

> 만약 정복자가 정복한 땅의 성전과
> 그 도시의 신들을 경외한다면(σεβουσι)
> 다시 빼앗겨 정복당하지 않으련만, (338~340)[1]

이는 최고통수권자의 카리스마를 상기시키는 것이며, 부득이하게 전쟁을 통해 다른 나라를 정복하더라도 그 나라의 신과 성전을 능멸하는 도를 넘는 죄를 피하라는 전쟁 철학이다. 여기서 '신을 경외하다'는 의미의 σεβω는 ὑβριζω(오만 불경의 죄를 범하다)의 대비어로서, 도를 넘어 지나친 파괴와 약탈을 일삼는 아가멤논의 행위를 암시하고 부각시키기 위한 표현이다. 이러한 언어적 대비는 그녀의 크라토스와 아가멤논의 아크라토스(ἀ-κρατος)를 대

1) 인용문은 헬라어 원전을 따른 필자의 번역이며 이하에서는 별도의 언급을 생략함.

조시키며, 전쟁에 임하는 인간의 수행 방법적 정의와 철학을 지적하는 대목이기도 하다. 비록 신적 정의를 수행하는 전쟁이라 하더라도 대행자로 서취할 수행 방법적 정의, 즉 전쟁윤리의 책임소재는 여전히 아가멤논 자신에게 있음을 암시한다. 또한 역할전도의 교차가 심화될수록 그 예견되는 비극성이 증대되는 사실을 간과할 수 없는데, 이는 클뤼타임네스트라의 크라토스가 증대될수록 아가멤논의 아크라토스, 즉 통치력 부재가 고착되는 대칭구조 속에 아테나이의 극장정치가 작동하기 때문이다. 이같이 비정상적이며 성 역할이 전도된 폴리스 아르고스의 정치 행태는 남성적 여성의 통치를 매개로 남성의 부재를 드러내고자 하는 극적 장치이며, 폴리스 아르고스가 맞이할 비극성과 병치되는 비민주적 참주정치의 위기를 표출하고 있다.

여왕의 사내다움과는 대조적으로, 아가멤논은 한 국가의 왕이지만 자기 결정력과 판단력이 결여된 상태인, 즉 아크라테이아(ἀκρατεια)에 함몰된 유약한 여성의 모습으로 그려지고 있다. 먼저 그의 귀환 장면에 주목해 보자. 신의 질투를 자초할까 두렵기도 하지만, 다소간 오만에 들뜬 아가멤논이 자줏빛 융단을 앞에 둔 상황에서 벌이는 왕비와의 '전투'(μαχη, 940; δηρις, 942) 같은 언쟁은 이 극의 핵심을 잘 드러내고 있다.

왕비: 질투의 대상이 못 되는 자는 존경의 대상도 못되지요.

왕: 정녕 이같이 전투를 좋아하다니(ἱμειρειν μαχης)

여성스럽지 못하구려.

왕비: 그런데 져주는 것이

위대한 자(τοις ὀλβιοις)에게 어울리는 듯하옵니다.

왕: 정말 이같이 전투(δηριος)를 치르더라도

꼭 승리를 쟁취해야겠소?

왕비: 항복하세요, 자진해서 내게 져주세요(κρατος παρες). (939~943)

아가멤논의 심중에 깃든 오만의 꼬투리를 터뜨리는 왕비의 전략은 지혜로운 남성(ἀνδρα σωφρον, 351)에 버금가는, 아니 어쩌면 능가하는 것이다. 모든 것을 다 가진 자이며 신에 버금가는 자, 천하제일인 자로 그를 추켜세우며, 신만이 누리는 자줏빛 융단을 밟게 하므로 그녀는 승리를 획득한다. 이들의 언쟁은 '전투'인데, 이에 패배한 아가멤논의 운명은 그 결과가 쉽게 예견되는 바이며, 이 전투의 핵심은 휘브리스(ὑβρις)와 올보스(ὀλβος)로 축약될 수 있다. ὑβριζω의 명사형인 ὑβρις는 영어로는 대개 pride, insolence 등으로 번역되기도 하지만 아티카 비극에서 그 고전적 의미는 '신적 의지에 맞서거나 거역하는 것'이다. 이러한 휘브리스와 대립되는 개념인 올보스는 happiness, bliss로 번역되는데, 이에는 신적 의지에 부합하는 축복의 상태가 곧 행복이며 인생의 승리로 인식되는 고전 아티카적 해석이 내재해 있다.

그런 까닭에 클뤼타임네스트라가 그를 '위대한 자'(τοις ὀλβιοις, 942)로 추켜세울 때 올보스 류(類)의 어휘를 사용하며 표면적으로는 휘브리스와의 거리가 멀어지지만, 그는 그 의미의 간극을 이해하지 못하는 아이러니의 대상, 즉 밀레스 글로리오수스(miles gloriosus) 혹은 알라존(ἀλαζων)으로 전락한다. 인간 존재 가운데 최고의 존재로 추앙 받았던 오이디푸스의 비극적 아이러니에 대해 던지는 코로스의 경고처럼, 인생이 다하기 전에 자신의 복을 오만으로 엎어버리는 오류를 범하는 비극 주인공의 이중성을 상기시키는 대목이기도 하다(정해갑 2014: 177).

위대한 승리자의 귀환을 환영하는 아이러니의 장면에서 주목할 것은 크라토스(κρατος, 943)이며, 아울러 그것의 이양과 소유주체의 전이이다. 크라토스를 양도, 승계하는 행위에는 두 인물의 역할 전도와 그것의 비극적 결말을 설명하는 상징적 의미가 내포되어 있기 때문이며, 이는 트로이아 전쟁의 참여 동기와 과정 모두에 걸쳐 작동하는 아가멤논의 판단력 부재, 통치력 부재를 드러내는 메타포로 작동하기 때문이다. 앞서 아가멤논은 자신의 입으로 자줏빛 융단은 신성에 합당한 성물이며 이를 범하면 신들의 '질투'와 '진노'를 면치 못하리라고 공언했다(918~30). 이는 질투(φθονος)에 대한 아티카적 의미의 전형을 표출한 것이며, 신적 질서를 토대로 한 경외심을 삶의 중심에 둔 규범 철학으로 읽을 수 있다. 그런데 이런 엄중함에도 불구하고 왕비와의 전투 같은 언쟁에서 패배하고 만다. 좀 더 엄격히 말하자면, 세상 사람들에게 존경의 대상, 즉 위대한 자로 다가가기 위해 '자진해서'(ἑκων) 스스로가 공언한 철학을 엎어버리는 모순을 범하며 아크라시아(ἀκρασια, lacking control)의 나락으로 떨어진다. 아울러 클뤼타임네스트라의 크라토스와 아가멤논의 아크라토스를 비유적으로 대비시키는 이 전투는 아가멤논의 오만하고 무모한 결정으로 말미암아 폴리스 아르고스가 전쟁에 가담하고, 그 결과 수많은 무고한 죽음과 원한을 부르며 결국 자신의 죽음과 국가의 통치 위기를 초래하는 비정상적 역할전도를 암시하는 것이다.

전능하신 이, 환대의 신 제우스가,

아트레우스의 아들들을 트로이아로 보냈도다.

많은 남편을 둔(πολυανορος) 한 여인을 위해,

수많은 힘겨운 전투로 내몰았도다.

힘겨운 무릎은 땅에 끌리며,

첫 교전부터, 맞부딪힌 창검은

부러져 나뒹구니, 다나오스인(Δαναοισιν),

트로이아인 모두 그러했도다. (60~67)

다나오스인, 즉 아르고스인, 그리고 트로이아인 모두가 처절하고 힘겨운 전쟁을 치르는데, 이 전쟁의 중심에는 헬레네(Ἑλενη)라는 한 여인이 있으며, 이 전쟁을 이해하기 위해서 먼저 그녀와 그녀를 둘러싼 정황을 살펴보는 것이 중요하다. 이에 그녀를 묘사하는 πολυανορος(많은 남편을 둔)라는 수식어가 우선 두드러진다. πολυς(많은)와 ἀνηρ(남자, 남편)의 합성어인 πολυανορος는 대개 '정절하지 못한' 여인에게 붙여지는 꼬리표와 같은 것인데, 이같이 보호받을 만한 정절의 소유자도 아니며 칭송의 대상도 되지 못하는 이런 여인을 위해 엄청난 전쟁을 치르는 오판은 아가멤논의 판단력 부재를 드러내는 주요 모티프로 작동하며, 또한 이런 비합리적 동기는 극의 여러 부분(63, 225, 800)에서 문제점으로 강조되고 있다. 이러한 헬레네를 향해 코로스는 심지어 죽음의 화신으로 칭하며 모든 배를, 모든 남자를, 모든 도시를 죽음으로 몰고 가는 여자(ἑλενας, ἑλανδρος, ἑλεπτολις, 689~690)로 새로운 이름을 부여하고 있다. 이 새로운 이름 붙이기에서 주목할 점은, 헬레네(Ἑλενη) 그녀 이름의 두운 '헬레'(ἑλε)를 딴 새로운 조어를 통해 '죽음으로 몰고 가는 여자'의 대명사로 아이스퀼로스 비극 사전에 추가되며, 이와 동시에 그녀와 연루된 폴리스 아르고스는 비정상적이며 무질서한 도시, 죽음을 연상시키는 도시로 획정된다.

이런 이름 짓기의 정치적 전유(appropriation)와 관련하여 동시에 조명해 볼 것은 다나오스인(Δαναοισιν, 66)이라는 명칭이다. 아이스퀼로스는 아가멤논 등의 아르고스인을 다나오스인이라 부르는데, 이 명칭 속에는 정치적 타자화 전략이 내재되어 있다. 폴리스 아르고스는 다음 세기에 마케도니아의 알렉산드로스 대왕(Ἀλεξανδρος ὁ Μεγας)에 의해 정복되어 하나의 범그리스적(Pan-Hellenic) 울타리에 편입되지만, 페르시아전쟁이나 펠로폰네소스 전쟁을 통해 볼 수 있는 바처럼, 반아테나이 정서가 지배하는 국가, 더 나아가 적대국으로 존재했는데, 이러한 역사적 사실이 아이스퀼로스의 반아르고스 정서를 설명해준다. 아르고스인들은 민족적으로 오리엔탈이며 그들의 뿌리는 페르시아인들과 동일한 이방인으로 취급된다. 아이스퀼로스의 또 다른 비극작품 『탄원하는 여인들』(Ἱκετιδες)에서 확인할 수 있는 것처럼, 아르고스인들은 나일강을 중심으로 왕조를 형성했던 다나오스 왕과 그 딸들의 후손이다. 따라서 아가멤논의 아크라테이아를 설명하는 무분별함, 잔인함, 그리고 오만함 등의 근원을 오리엔탈적 타자성(Oriental otherness)과 병치시키는 것은 아이스퀼로스 비극이 갖는 극장정치의 특성이다. 이와 같은 정치적 맥락 하에서, 연합군의 수장 아가멤논이 트로이아로 출정하는 과정에서 노출하는 병적인 광기는 그의 아크라테이아를 드러내는 극적 장치의 하나이다.

> 새 중의 왕이,
>
> …
>
> 안간힘을 다해 도망치다 붙잡힌,
>
> 새끼 밴 토끼를 포식하도다. (114~120)

출정하기 위해 배 위에서 대기 중인 이들에게 보여진, 새 중의 왕 독수리가 가련한 새끼 밴 토끼를 갈기갈기 찢어 죽이는 이 장면은 다층적 의미를 내포한 비유이다. 먼저, 아가멤논 자신의 전쟁에 대한 광적인 집착과 파괴, 그리고 약탈을 암시하며, 더 나아가 아가멤논이 속한 아트레우스 가문의 잔인무도하고 피비린내나는 살육과 저주를 연상시킨다. 새 중의 왕으로 비유된 아가멤논이 맞이할 운명과 직결된 과거와 미래를 암시하는 이런 징조는 그의 할아버지 펠롭스(Πελοψ)의 배반과 살인까지 거슬러 올라간다. 신화에 따르면, 고대 올림픽 게임의 시조이기도 한 펠롭스는 마차경기에서 뮈르틸로스(Μυρτιλος)와 공모하여 부정하게 계획된 승리를 거두고 아내를 획득하지만, 그 부정한 거래에 따르는 보답의 약속을 저버리고 뮈르틸로스를 살해한다. 이에 억울하게 죽어가는 뮈르틸로스가 펠롭스에게 저주를 퍼붓는데, 그 핵심

내용은 오레스테스까지 대물림되는 친족살해, 즉 '아트레우스가의 저주'이다. 그 저주의 첫 발현으로, 펠롭스의 아들 아트레우스가 그의 쌍둥이 형제 튀에스테스(Θυεστης)의 아이들을 살육하고 그 살을 그 아비튀에스테스에게 먹이는 끔찍한 사건이 일어나고 (1217~1225, 1242~1244, 1590~1601), 이에 통분하는 튀에스테스는 아트레우스가의 모든 자손이 파멸할 것이라는 저주를 쏟아낸다 (1602).

이러한 저주의 대물림선상에서 아가멤논의 딸 이피게네이아 (Ἰφιγενεια)의 죽음 그리고 그 죽음에 대한 책임, 더 나아가 부당한 전쟁과 무자비한 도륙에 대한 책임을 진 아가멤논 자신의 죽음을 예견할 수 있다.

자제력과 판단력을 상실한 아가멤논이 전쟁의 광기에 휩싸여 저지를 끔찍한 약탈과 살육을 우려하며 아르테미스(Ἀρτεμις) 여신이 역풍을 일으키고, 이에 연합군의 전함들은 보이오티아(Βοιωτια)의 아울리스(Αὐλις)항에 발이 묶여 출항을 못하게 된다(140~150). 아트레우스가의 저주가 발현되는 두 번째 시점이 바로 이때이다. 아가멤논은 '인륜적으로 마땅히' 바쳐서는 안 되는 제물(θυσιαν ἑτεραν ἀνομον, 151), 즉 자신의 딸 이피게네이아를 산제물로 바치며, 이 같은 산제물은 단순한 공포가 아니라, 저주받은 종족의 연속되는 저주받을 행위로 발현된다(νεικεων τεκτονα συμφυτον, οὐ δεισηνορα, 152~153). 여기서 아이스퀼로스가 사용하는 단어들을 유심히 살펴볼 필요가 있는데, 아노모스(ἀνομος)는 고전 비극에서 인간 삶의 중심되는 기준, 즉 '천륜' 혹은 '인륜'을 의미하는 노모스(νομος)의 반의어이다(정해갑 2016: 107~108). 인간이라면 마땅히 지켜야 하는 기준인 노모스를 벗어난, 즉 신의 뜻을 벗어난 불경하고 무법한 상태를 지칭하며 패륜적 일탈자에게 부과되는 표현인 ἀνομος가 헤테로스(ἑτερος)라는 동질의 수식어를 동반하는 것은 자연스럽다. 후자는 영어로는 other than should be, other than good 등으로 번역될 수 있으며 아가멤논의 아크라테이아, 즉 비이성적이고, 예측을 초월한 무분별한 결정을 강조하는 표현이다. 가문의 저주와 관련하여 간과할 수 없는 단어가 쉼퓌톤(συμφυτον, 152)인데, 이는 natural to the race로 번역될 수 있으며 아트레우스 가문에 내재하는 저주의 '피내림'을 잘 드러내고 있다. 계속해서 작가 아이스퀼로스는 아가멤논의 이런 끔찍한 광기를 아떼(ἀτη, 1230, 1268, 1433) 혹은 파라코파(παρακοπα)로 표현하며 악령에 사로잡힌 가문의 저주임을 드러낸다.

> 악행을 도모하고, 만악의 뿌리가 되는
> 끔찍한 미망이(παρακοπα) 인간을(βροτους)
> 무모하게 만드는구려(θρασυνει). (222~223)

아떼와 파라코파는 단순한 악이 아니라 악령의 저주와 결부된 도를 지나친 악행을 의미하는 것이다. 그런 까닭에 아떼는 의인화되어 악령 혹은 미망(迷妄)의 여신으로 등장하는 경우가 많고, 이 작품의 경우도 역시 그러하다. 이 악령과 대조적으로 인간을 의미하는 단어 브로토스(βροτος)에는 일반적인 사람을 칭하는 안트로포스(ἀνθρωπος) 혹은 아네르(ἀνηρ)와는 사뭇 다른 의도가 내포되어 있다. βροτος의 어원적 의미는 상처에서 흘러나온 피를 뜻하며, 이는 신과는 달리 상처를 입고 그리고 그것으로 인해 죽을 수밖에 없는 존재, 즉 한계적 존재를 의미하는 단어이다. 이러한 한계적 존재가 자신의 한계를 넘어서 지나치게 확신하거나 무모한 것(θρασυς, over-confident; over-bold)은 휘브리스의 죄를 범하는 것이며, 이는 아가멤논의 불경한 죄성(sinfulness)을 강조하는 표현이다. 빅토리아 월(Victoria Wohl)은 이런 죄성을 전쟁과 파괴에 대한 욕망, 즉 사디즘(sadism)으로 비견하고 있다(78~79). 표면적으로 볼 때 그의 정복 전쟁은 신적 정의를 실현하는 과정으로 비춰지지만 그 실상은 자신의 욕망을 위한 향연의 장이다. 따라서 그가 택한 딸의 희생제의와 트로이아 전쟁의 전 과정은 제우스신이 아닌, 그 자신의 책임으로 남는다(Petrovic 136~137).

트로이아를 정복하기에 앞서 자신의 딸을 산제물로 바친 아가멤논의 광적인 사디즘은 피에 굶주린 사자같이 트로이아 성벽을 오르내리며 피로 물들이고(827~828), 도시의 모든 것을 파괴하고 심지어 신성한 제단마저 짓밟으며 모든 생명을 무참하게 도륙하는(525~528) 잔혹성과 병치된다. 아울러 이런 광기는 부당하게 수많은 헬라인들을 전쟁터로 내몰아 죽게 한 무분별한 권력남용 행위(448~463)와 결합되어 그를 파괴의 사제(736), 약탈자(783)로 규명한다. 환대의 신 제우스가 손님의 도리를 배반한 트로이아 왕자 파리스(Παρις)를 응징하며 정의 실현(δρασαντι παθειν, to make doers suffer)을 위해 전쟁을 허락한 것은 사실이지만 그 수행 과정에 드러나는 아가멤논의 행태는 오만과 잔혹함으로 점철된다. 이같이 도를 넘어 피를 초래한 자 역시 용납하지 않는 제우스(461~462)는 그를 또 다른 보복정의의 대상으로 남긴다. 클뤼타임네스트라가 주장하는 것처럼, 아가멤논 살해의 주된 동기는 억울하게 산제물로 바쳐진 딸 이피게네이아의 복수이며(1431~1433), 더 나아가 무고하게 죽어간 아르고스 시민과 트로이아인들의 원한 그리고 오만 불경한 정복자에 대한 신적 정의의 실현이 부가적 동기로 작동한다(338~347, 448~463, 525~528). 또한 아이기스토스와 클뤼타임네스트라가 각기 부모 형제 그리고 딸의 복수, 더 나아가 만인의 복수를 수행하는 것은 사실이지만 왕의 시해로 인해 야기될 정치 불안과 전복(1354~1355)에로 그 무게중심이 이동하고 있음을 간과할 수 없다.

주목할 사실은 아가멤논의 전쟁 참여와 귀환, 그리고 죽음을 둘러싼 이런 일련의 과정에서 작가의 초점이 아가멤논의 아크라토스에 맞춰져 있다는 점이다. 다시 말하자면, 클뤼타임네스트라와 아이기스토스의 음모에 의한 아가멤논 살해와 왕권탈취에는 판단력과 통치력이 결여된 잔인무도한 왕을 척결하는 정당한 동기가 지배적으로 작동한다. 그리고 이러한 동기부여의 기저에는 저주받은 가문의 오리엔탈적 비이성과 전도된 성역할이 자리잡고 있다. 따라서 클뤼타임네스트라의 전도된 크라토스를 통해 아가멤논을 응징하는 형식으로 신적 정의가 성취되는 듯하지만, 아트레우스 가문에 깊이 뿌리내린 저주는 곧 닥쳐올 '피의 폭우'(1533)를 예견할 뿐이며 어떤 구원도 요원한 아르고스에는 참담함이 더해 간다(1563~1566). 결국 구원의 손길은 자유 시민에 의한 남성적 질서와 민주주의를 추구하는 폴리스 아테나이의 통치와 지배뿐이라는 점을 암시하며, 극장은 이러한 정치 이데올로기를 아테나이 시민과 주변 폴리스인들에게 교육하고 선포하는 공간으로 역할한다. 호메로스(Ὁμηρος)식의 가정비극적 뮈토스(μυθος)를 정치극으로 전유한 아이스퀼로스는 범그리스적 제의의 장인 원형극장에서 '보여주기'(θεατριζειν) 작업을 통해 아테나이의 헤게모니를 정당화하고 있다.

3.

아티카 비극의 효시이며 가장 정치적이라고 회자되는 작품『페르시아인들』은 그리스인의 눈이 아닌 페르시아인의 입을 통해 페르시아 전쟁을 묘사하는 독특한 방식이 인상적이다. 그리스를 정복하기 위해 침략전쟁을 일으킨 페르시아 왕 크세르크세스를 그의 모친 아토사(Ἄτοσσα), 그리고 선친 다레이오스(Δαρειος)의 혼령을 통해 질책하는데, 재위시절 다레이오스 왕은 현왕으로 페르시아를 포함한 동방뿐만 아니라 그리스 전역까지도 명성이 자자했던 인물이다. 이같이 덕망 높은 인물의 혼령을 내세워 침략자 크세르크세스의 아크라토스를 지적하고 침략의 부당성을 부각시키는 배경에 는 다음과 같은 사실이 내재되어 있다. 즉 신화시대의 트로이아 전쟁 등과는 달리 작가 자신이 두 차례나 참전한 전쟁이며, 아테나이를 비롯한 범그리스에 걸쳐 큰 소용돌이를 몰고 왔으며, 또한 현재 진행형으로 비춰지는 전쟁을 신성의 이름으로 심판하려는 정치적 전략이 내재되어 있다. 무엇보다도 작가 아이스퀼로스는 이 작품을 통해 오리엔탈의 한 전형을 고착화하고 있으며(Hardwick 123~124), 페르시아인들 스스로의 입으로 그들 자신의 아크라테이아를 드러내고 시인하게 함으로써 그리스 연합군의 승리가 당위성을 확보하며 더 나아가 폴리스 아테나이의 제국주의적 헤게모니를 신성화하고 있다. 식민 정복자를 대신하는 타자의 입은 곧 식민주의적 상상력의 효율적 재현 장치인데(MacDonald 68~69), 혼령이나 꿈이라는 장치를 통해 전해지는 이야기를 객관적 사실로 역사화시키며 동시에 신화화시키는 정치성에 주목하며, 먼저 아토사의 꿈을 통해 전해지는 독수리의 징조를 고찰해보자.

나는 아폴론 제단으로 피신하는 독수리 한 마리를 보았다오.
놀라 말문이 막혀 서 있었지요, 여러분.
그 뒤를 쫓던 매가,
세찬 날갯짓으로 돌진해서는 발톱으로 그 대가리를
획 잡아채는 것을 보았다오. (205~209)

아가멤논을 묘사하는 방식과 아주 유사하게, 여기서의 독수리는 크세르크세스 왕을 상징하는데, 그의 오만하고 불경스런 침공에 초점이 맞추어져 있고, 이러한 페르시아의 침공을 격퇴하는 그리스 연합군은 정의의 집행관인 매로 표현되고 있다. 새 중의 왕인 독수리가 매에게 쫓기는 징조는 신성한 그리스 땅을 침범하는 페르시아에 대한 신의 진노를 드러낸 비유이며, 이에 내포된 정치 사회적 의미는 연속되는 아토사의 꿈 이야기 가운데 좀 더 구체적으로 드러난다. 181행에서 199행에 걸쳐 서사되는 장면에서 두 여인이 환영처럼 등장하는데, 흥미롭게도 이들은 자매지간이며 각각 페르시아와 그리스를 상징한다. 이들 사이에 분쟁이 일어나자 크세르크세스가 이들을 멍에 지워 자신의 마차에 매어둔다. 여기서 두드러진 사실은, 멍에가 지워진 그들의 태도가 상반된다는 점이다. 페르시아를 상징하는 여인은 자연스럽게, 오히려 '아주 우쭐대며 자랑스럽게' 멍에를 받아들이는데(ἐπυργουτο στολη, 192), 여기에 사용된 단어 ἐπυργουτο를 좀 더 유의해서 살펴볼 필요가 있다. 형태론적으로 원형인 퓌르고오(πυργοω, 탑을 높이 쌓다)의 미완료 과거형이며, 비유적으로 대개 'to exalt oneself'(자기 자신을 높이다)로 번역되는 단어이고 그 어원은 퓌르고스(πυργος, 탑)이다. 그런데 동양과 서양 문화, 특히 헬레니즘과 헤브라이즘 문화권에서 탑은 신성을 상징하거나 신성에 범접하는 상태를 비유할 때 등장하는 어휘이다. 그 대표적 예로, 바빌로니아의 수도 바뷜론(바벨)에서 일어난 성과 탑 사건(Genesis, 11: 1~9)은 인간의 '이름을 내고자 하는'(to make a name for themselves) 욕망을 잘 조명 한 전형으로 알려져 있다. 그 결과 신의 징계를 받은 인간들은 각기 다른 언어들로 분파되어 소통이 제한되고, 여러 민족으로 쪼개어져 흩어짐을 당한다. 여기서 간과할 수 없는 핵심은 그 사건에 내재된 휘브리스이다. 바벨에서 성과 탑을 쌓았던 이들의 목적은 신성에 대한 도전임을 스스로 천명하고 있기 때문이다. 그런 까닭에 이 단어 ἐπυργουτο를 통해 황금의 도시 바빌론(Βαβυλων πολυχρυσος, 53)과 페르시아인들의 오만 불경함을 중첩시키는 작가의 의도를 파악하는 것은 중요하다.

페르시아 여인의 우쭐거림과는 대조적으로, 그리스를 상징하는 여인은 구속을 거부하며 멍에를 찢고 뛰쳐나간다. 이로써 크세르크세스가 탄 마차가 전복되고 그는 땅 바닥에 나뒹군다. 이 이야기가 시사하는 정치·사회적 의미는 다양하겠지만 무엇보다 자유에 대한 인식의 차이가 그 핵심이 될 것이다. 페르시아인들은 아크라테이아에 함몰되어 자결능력과 판단력 이 부재하며 종속적인 까닭에 노예처럼 살아가지만, 자유주의의 이상을 추구하며 민주주의를 국가체제로 하는 헬라인들은 그 어떤 자의 억압적 통치도 부정하며 그 어떤 자에게도 예속되지 않는다(οὔτινος δοῦλοι κέκληνται φωτὸς, 242). 페르시아 군대는 독재 군주 1인을 위해 전쟁을 수행하는 노예들(δοῦλοι, 242)이지만, 그리스는 자유시민의 자의적 합의에 의해, 자유를 수호하기 위해 자원한 병력을 보유하고 있으며 이것이 승리의 주요 동인임을 천명하고 있다(241~244, 402~405).

이러한 정치적 비전과 더불어 멍에의 비유가 전하는 중요한 역사적 사실은 페르시아인들이 건설한 군사용 부교(floating bridge)이다. 선친 다레이오스 왕에 이어 군 통수권자가 된 크세르크세스가 그리스를 침공할 때 헬레스 폰토스와 보스포로스 해협을 건너기 위해 부교를 설치했는데, 이 사건과 아토사의 꿈 이야기가 중첩되는 것은 부교와 멍에가 동일선상에 있기 때문이다. 동서양의 분기점이 되는 이 해협은 고래로 '신성한' 지역(ἱρον, 745; ῥοον θεου, 746)으로 여겨져 왔으며, 이러한 신성을 망각하고 부교를 설치하여 물길을 막아 멍에를 지우는 행위는 신성모독이다(809~812). 이런 불경함에 대해 다레이오스의 혼령은 젊은 혈기에 사로잡힌 크세르크세스의 어리석음과 오만함을 한탄하며 질책한다(744~750). 더 나아가 크세르크세스의 신성 모독으로 인해 페르시아가 대패했으며 또한 곧 맞이할 플라타이아 전투에서도 참패할 것인데 이는 모두 엄중한 신의 진노와 징계에 기인한다고 혼령은 경고한다(800~808).

이같이 꿈이나 혼령이라는 초현실적 장치를 통해 크세르크세스의 아크라테이아를 드러내는 것은 헬라인들의 승리를 곧 신성의 승리로 신화화시키는 동인이 강하게 작동하기 때문이다. 이에 더 나아가, 오만 불경한 악령(ἀλαστωρ ἤ κακος δαιμων, 354)에 사로잡혀 신들의 뜻을 분별하지 못하고 또한 전혀 앞날을 내다보지 못하는(361~373) 맹목적 침략자, 수탈자에 대항하여 군사력에서 열악한 그리스 연합군이 승리한 것은 신성을 두려워하며 신의 뜻에 순종하므로 신의 도움이 함께 했기 때문이라고 선포하며(345~347) 객관적 역사로 획정을 시도하고 있다. 페르시아인들의 오만 불경함이 하늘의 심판을 받은 것이며(Fergusson 44), 신을 경외하는 도시 아테나이와 그리스를 둘러싼 신성한 물길을 막는 행위나 제단과 신상을 파괴하는 신성모독 행위는 재앙의 원인이며 이로 인해 페르시아가 겪게 될 파멸에 대해 다레이오스의 혼령은 오만이 아떼의 열매를 맺고 눈물의 씨앗을 거둔다(821~822)고 덧붙인다. 모든 페르시아인들이 파멸되고 살아남은 젊은이가 없다(732)고 한탄하는 아토사는 어리석은 크세르크세스가 분별력이 없어 측근들의 잘못된 충고만 추종하므로 이런 재앙이 닥쳤다고 확언한다(753~758).

이처럼 어리석은 충고로 전쟁을 부추겼던 악한 자들의 관심사는 오직 재물과 부귀영화에 있으며 이는 크세르크세스의 아크라테이아와 맞물려 악의 순환 고리를 형성한다. 통치자로서 백성의 안위와 평강을 위해 숙고하며 전념하기보다는 부의 확대와 통치영역의 확장에 눈이 어두워 전쟁을 일삼는 그의 무분별한 탐욕은 동서양 모두를 혼란과 파괴로 몰아가며 명분 없는 전쟁에 대한 책임 추궁을 받게 된다.

무분별한 탐욕에 대한 응징이 이러하니,
기억하라 헬라인들이여.
주어진 분깃을 경히 여기지 말지니,
탐욕으로 인해 그 복을(ὀλβον)
쏟아 버리지 말지어다.
제우스는 오만한 자의 징계자요,
공의로운 심판자로다.
내 아들에게 가서 이르시오,
지혜로움으로 신의 음성에 귀를 기울이며,
오만함으로 신께 범죄하지 않도록 하오. (823~832)

이러한 다레이오스 혼령의 충고는 다층적 의미를 내포한 것인데, 크세르크세스와 페르시아인들을 향한 것이며 동시에 헬라인들을 향한 작가적 의지와 염원이 내재된 정치적 선언문이다. 무분별한 부와 향락에 빠져 있는 오만한 제국 페르시아를 타산지석으로 삼아 헬라인들은 제우스의 뜻을 분별하여 오만 불경의 죄를 짓지 않으며, 서로의 분깃을 존중하고 탐욕을 삼가는 것이 범그리스적 상호공존의 미덕이며 정치철학임을 선포하는 것이다.

오만 불경함은 아떼를 낳고 그 결과는 파멸인데, 그 오만함의 뿌리에는 부와 권력에 탐닉하는 인간의 무분별한 아크라테이아가 자리 잡고 있으며 이로 인해 인간 자신의 분깃을 망각하고 신의 영역에 범접한다. 이러한 욕망은 신적 질투를 유발하며 더 나아가 필연적으로 징계와 심판의 날을 맞는다(Cairns 13). 이런 관점에서 볼 때, 극의 시작에서 페르시아의 원로로 구성된 코로스가 자신들을 소개하는 대목이 흥미롭다. 그들은 부(ἀφνεων, 3)와 황금왕좌(πολυχρυσων ἑδρανων, 3~4)의 수호자로 자신을 드러내고 있는데, 이는 이 작품이 동방=황금의 도시라는 오리엔탈리즘의 일면을 투사하는 최초의 아티카 비극작품으로 평가 받는 이유이며, 더 나아가 문학의 역사에서 서양인의 눈에 비친 동양은 무절제한 사치와 부, 물질성 그리고 여성적 가치가 지배하는 열등한 타자의 공간이다(Hall 71). 또한 코로스가 페르시아 군대를 황금의 군대(πολυχρυσου στρατιας, 9)라 이르며, 전쟁에 참여하는 페르시아 제국의 여러 국가들을 황금의 사르데이스(πολυχρυσοι Σαρδεις, 45), 황금의 바빌론(Βαβυλων πολυχρυσος, 53) 등으로 칭하는 것은 같은 맥락에 속한다.

코로스의 계속되는 대사에서 주목할 부분은 이러한 황금의 비유가 오만함의 상징과 병치되는 점이다. 특히 크세르크세스를 언급할 때, 황금에서 기원한 종족, 신에 버금가는 사람(79~80)으로 높이는데, 이는 온갖 부귀영화와 권력을 전횡하는 오만한 폭군의 모습을 연상시킨다. 헤로도토스가 전해 주는 내용인즉(VII.

150), 페르시아인들의 조상 페르세우스는 제우스가 내린 금 소나기를 맞은 어머니 다나에(Δαναη)에게서 태어난다. 황금에서 태어난 종족으로 사치와 오만의 대명사가 되며 혈통적으로 아르고스의 아가멤논과 그 뿌리를 공유하는 점에 주목할 필요가 있다. 이어서 등장하는 아토사의 첫 대사 역시 황금과 부에 관한 내용으로 채워지는 것은 결코 우연이 아니다. 그녀가 살고 있는 페르시아 궁전은 황금으로 뒤덮여 있고(159), 그녀의 염려는 다레이오스가 이루어 놓은 엄청난 국부(163)의 손실에 초점이 맞추어져 있다. 어리석은 크세르크세스를 책망하는 다레이오스의 혼령이 자신이 공들여 이루어 놓은 부(751)가 한 순간 헬라인들의 수중에 넘어 갈 것을 염려하는 언급은 같은 맥락에서 볼 수 있는 담론이다. 여기서 한 가지 유의할 점은, 작가 아이스퀼로스는 부(πλουτος)와 복(ὀλβος)을 구분하여 담론을 이끌고 있다는 것이다. 앞의 인용(823~832)에서 보는 바처럼, 복 있는 자의 부는 영화로운 것이지만, 오만한 자의 부는 파멸로 나아가는 불쏘시개와 같은 것이다. 신의 음성에 순종했던 다레이오스 왕 통치 시기에는 엄청난 복(πολυς ὀλβος, 251~252)을 받은 땅 페르시아가 거대한 부의 항구(πολυς πλουτον λιμην, 250) 같은 곳이었지만, 그 아들 크세르크세스의 오만함으로 인해 이제 파멸의 도시로 전락하게 된다.

하지만 이 시점에서 이런 극장정치의 이면에서 지속적인 배경막(backdrop)으로 작동하는 기제인 여성화(feminization) 혹은 여성성(femininity)을 추고해볼 필요가 있다. 인종 차이와 성 차이의 논리는 항상 중첩되며 이방타자, 특히 오리엔탈과 여성은 식민주의적 상상력에 비추어볼 때 동일 담론에 속하기 때문이다(Miller 244; Loomba 78). 따라서 아가멤논과 클뤼타임네스트라의 경우와 마찬가지로 크세르크세스와 아토사의 성 역할전도, 그리고 타자로서의 아르고스와 페르시아의 여성성을 되짚어보는 것은 작가 아이스퀼로스의 극장정치를 이해하는 첩경이 될 것이다. 먼저, 크세르크세스의 오만함의 뿌리에는 비겁함과 나약함이 혼종되어 있고, 이는 아크라테이아, 즉 자기결정력 부재와 그에 따른 무분별함으로 표출된다. 앞에서 보았던 인용(205~209)에서 도망하는 독수리로 표현된 크세르크세스는 통치능력이 결여된 전형적 인물이며 동시에 비겁한 여성적 남성이다. 그는 저급한 가치, 즉 황금과 물질에 탐닉한 채 무모한 전쟁을 초래하고, 자신의 비겁함을 무마하고 자신의 이름을 드러내기 위해 출정한다(752~758).

> 악한 무리들에게서 무모한(θουριος) 크세르크세스는
> 이렇게 배웠다오: 그들이 말하길, 선친께서는 많은 부를
> 전쟁에서 창을 던지며 얻었지만,
> 그 아들은 겁쟁이라(ἀνανδριας ὑπο)

집 안에서 창 놀이를 하며(ἐνδον αἰχμαζειν)

선조들이 물려준 재산을 탕진하도다. (753~756)

이같이 그에게 전쟁을 종용한 악한 무리들이 그의 약점을 교묘히 파고들어 그를 전장으로 몰고 가고자 할 때, 그의 약점은 크게 두 가지로 나타난다. 그 중 하나는 투리오스(θουριος), 즉 판단력이 부재하며 섣부른 성품이며, 다른 하나는 아난드리아(ἀνανδρια), 즉 남자답지 못한 비겁함이다. 이런 약점들, 곧 그의 아크라테이아를 설명하는 예들은 통치자로서 적합하지 않은 열등함을 드러내는 것으로 앞에서 보았던 아가멤논을 분석했던 어휘들과 상통한다. θουρος의 단순 변형태인 θουριος의 어원은 동사 트로이스코(θρῳσκω, to rush, attack)이며, 앞에서 아가멤논의 오만함과 무모함을 표현 했던 단어 θρασυς와 마찬가지로 '무모한' 확신과 그에 따르는 행위를 의미한다. 주목할 사실은 이런 류의 어휘들은 대개 남자답지 못하거나 비겁한 자, 더 나아가 통치력이 부재한 자를 수식하는 경우에 주로 등장한다는 점이다. 그런 까닭에 그 아래의 755행에 등장하는 표현 어구 ἀνανδριας ὑπο는 이해하기 한결 용이하다. 클뤼타임네스트라와 아토사 같은 지력과 판단력이 뛰어난 인물과 함께 연상되는 단어가 안드리아(ἀνδρια)이며 이것의 의미는 남성다움 혹은 담대함이다. 아울러 그 의미가 내포한 원래의 어원은 남성, 남자인 ἀνηρ임을 이미 앞에서 살펴보았다. 이러한 남성적 여성과 대조적으로 남자답지 못한 남자, 즉 여성적 남성 크세르크세스와 연계된 단어 안-안드리아, 즉 아난드리아는 그의 아크라테이아를 드러내기에 충분하며, 그의 이러한 사내답지 못한 성품 때문에(ὑπο ἀνανδριας) 주변 측근들의 입방아에 자주 오르내렸음을 어렵잖게 짐작할 수 있다. 그 결과, 무의미한 여인 헬레네를 위해 아가멤논이 그랬던 것처럼, 전쟁과 파멸을 초래하는 무모한 결정을 내리는 과오를 저지르게 된다.

따라서 남성적 크라토스가 결여된 열등한 페르시아가 여성의 메타포로 그려지는 것은 크세르크세스의 아난드리아와 병치되어 생산된 식민주의적 상상력의 결과물이다. 코로스가 118~119행에서 이렇게 말하고 있다: 이 거대한 도시 수시스(Σουσίς, Sousa)에 남자가 없다는 소식을 듣지 않길 바라노라(μὴ πόλις πύθηται κένανδρον μέγ' ἄστυ Σουσίδος). 여기서 주목할 단어 케난 드로스(κενανδρος)는 ἀνανδρια와 같은 어원이며 의미 역시 동일 맥락으로 볼 수 있는 표현이다. '남자의 씨가 사라졌다', '남성성이 결여되었다'고 번역 할 수 있다. 이러한 어휘는 열등한 타자의 땅 페르시아를 거세된 공간으로 열어젖히는 동시에 식민 정복자의 손길을 기다리는 관능의 시장(vazaar of sensuality)으로 몰아가는 핵심기제로 작동한다. 정복자의 관능적 상상력이 흘러가는 방향대로 타자의 문화도 '마땅히 그래야 하는 것'(Said, 67)으로 재단되는 식민주의적 환상이 오리엔탈리즘의 모체로 자리 잡는 최초의 극장이 이 작품을 통해 구현된다. 이에 거세된 공간은 관능으로 채워지기 시작한다.

> 부드러운 손으로 면사포를
>
> 찢으며,
>
> 촉촉한 가슴을
>
> 눈물로 적시도다. (537~540)

부드러운 손(ἀπαλαις χερσι)에서 사용된 ἀπαλαις는 ἀταλαις와 호환되는 어휘이며, 원형인 ἀπαλος는 대개 젊은 여성의 육감적 몸이나 피부를 수식하는 표현이다. 면사포(καλυπτρα)를 찢는다는 표현 역시 촉촉한 가슴(διαμυδαλεους κολπους)과 맞물려 관능적 상상을 극대화시키고 있다. 이어지는 표현들 역시 대동소이하지만 좀 더 적극적이다: 부부의 침상과 불타오르는 젊음의 쾌락을 내팽개쳤다(λέκτρων εὐνὰς ἁβροχίτωνας, / χλιδανῆς ἥβης τέρψιν, ἀφεῖσαι, 543~544). 이에 에드워드 사이드(Edward Said)는 이런 동양 여인의 면사포(veils of an Eastern bride)를 지적하며 은밀한 관능적 표현들이 오리엔탈리즘의 상투적 언어로 자리 잡은 기제임을 강변하며 식민주의적 환상을 토로했다(222).

크세르크세스의 아크라테이아를 드러내는 기제인 아난드리아가 열등한 타자의 땅 페르시아의 케난드리아(κενανδρια)와 병치되어 생성하는 식민주의적 상상을 추고하며 그 핵심에 여성 혹은 여성성이 자리 잡고 있음을 살펴보았다. 여자 같은 남자가 지배하는 땅 페르시아는 거세된 공간이며 남성성이 결여된 열등한 타자의 공간이다. 따라서 비이성적이고 자결능력이 부재하며 나약하고 물질, 황금 등 여성적 가치가 오만함으로 분출되는 이러한 공간을 대조적으로 재현함으로써, 아이스퀼로스의 극장은 남자다운 남자가 자주적으로 통치하는 폴리스 아테나이의 자유민주주의적 이상을 선언하는 공간으로 작동한다. 이같이 아크라테이아에 함몰된 페르시아의 통치력 부재를 지속적으로 부각시키며 작가적 의지가 지향하는 것은 다름 아닌 페르시아 전쟁에서 헬라인들이 쟁취하는 승리의 당위성이다. 자신의 분깃을 망각하여 오만 불경하며, 신성한 헬레스폰토스에 멍에를 지우며 아떼의 광기를 좇는 독재국가 페르시아를 파멸시키므로, 헬라인들은 자유시민이며 또한 민주정치를 신봉하는 폴리스 아테나이는 신성을 경외하는 이상적 도시국가임을 천명하고자 한다.

헬라스의 아들들이여, 나아갈지어다.

그대의 조국과 그대의 가족,

조상의 거룩한 성전과

그들이 잠든 땅,

그대의 모든 것을 위해 싸울지어다. (402~405)

4.

가장 정치적인 극작가로 알려진 아이스퀼로스의 두 작품『아가멤논』과『페르시아인들』을 극장을 통한 정치, 즉 극장정치의 관점에서 고찰해 보았다. 작가는 극장을 통해서 아테나이 시민들의 정치적 결집과 범그리스적 단합을 호소하는데, 이는 제의와 시민교육의 장이며 동시에 정치 집회장이기도 했던 극장이, 대내외적으로 혼란했던 당시의 상황에서, 작가가 가장 용이하게 폴리스 아테나이의 정치적 이상을 선포하는 공간으로 역할을 했기 때문이다. 외적으로는 수차례에 걸친 페르시아 전쟁을 겪는 과정에 있었고 내적으로는 클레이스테네스의 정치개혁과 페리클레스의 급진 민주정, 보수 혁신의 대립갈등이 난무했고, 범그리스적으로는 견제와 반목의 세월이 장구했다. 이러한 대내외적 정황 속에서 페르시아와의 전쟁에 두 차례나 참여하며 남다른 애국심을 보였던 작가가 바라본 오리엔탈에 관한 상상 또한 아주 정치적이며, 그 지향점은 헤게모니에 천착해 있다. 따라서 이 글에서는 이러한 작가의 의도가 작품에 어떻게 반영되고 있으며, 더 나아가 극장이라는 매체를 통해 어떻게 전달되고 있는지에 초점을 맞추어 분석하고자 했다. 그분석의 기제는, 두 작품이 공통적으로 오리엔탈의 타자화에 초점이 맞추어져 있으며, 아이스퀼로스의 극장은 폴리스 아테나이의 헤게모니를 정당화하거나 신성화하는 공간으로 역할을 한다는 점이다.

먼저, 아가멤논과 크세르크세스는 통치력이 부재하며(아크라토스) 자결 능력이 결핍된(아크라테이아), 나약하고 비겁한 여자 같은(아난드로스) 남자로 등장한다. 이는 이들이 오리엔탈의 뿌리를 공유하는 혈통적 특성이며 비이성적이고 오만하며 무분별한 행동으로 발현된다. 따라서 이들이 초래한 전쟁은 모두 오만함과 무분별한 판단에 기인하는 까닭에 그 책임은 온전히 그들 자신에게로 돌아간다. 부정한 여인 헬레네를 위해 자신의 딸을 산 제물로 바친 것과 무자비한 약탈과 도륙, 신성한 제단을 모욕한 것으로 인해 아가멤논은 파멸을 맞게 된다. 크세르크세스 또한 자신의 나약함을 무마하며 자신의 이름을 내기 위해 전쟁을 감행하고, 신성한 분깃으로 여기는 헬레스폰토스와 보스포로스 해협을 유린하며 부교를 설치해 멍에를 지우는 오만 불경함이 그 대가를 치르게 된다. 이 같은 사내답지 않은 남자들과 대조적으로 클뤼타임네스트라와 아토사는 대장부 같은 여자이거나 지혜로운 여자로 등장한다. 그런데 중요한 사실은, 이러한 성 역할 전도가 오리엔탈적 비이성과 그 궤를 함께 하며 오히려 무질서와 불안정을 가중시키는 부정적 역할을 하거나 남성의 결핍을 부각시키는 역할을 한다. 여기서 더 나아가 여성성과 물질성이 결합되며 관능적 타자를 생성하는 식민주의적 환상, 혹은 오리엔탈리즘의 기제를 확인하게 된다.

여자 같은 남자와 남자 같은 여자가 지배하는 열등한 타자의 땅 아르고스와 페르시아는 남성성이 결핍된(케난드로스) 공간이며 식민주의 정복자의 구원을 기다리는 거세된 공간이다. 이 공간 한 가운데 동방여인의 면사포와 부드러운 손 그리고 촉촉한 가슴이 열려 있다. 또한 이곳은 부와 사치, 물질성과 여성적 가치, 그리고 오만함과 열등함이 분출되는 공간이다. 이는 신성에 도전하고 자신의 이름을 내기 위해 성과 탑을 쌓았고 그 오만함의 대가로 흩어져 멸하는 징벌을 받았던 바빌로니아인들을 연상시키는 '황금의 바빌론'이 식민주의적 상상력의 상투어로 자리 잡는 이유를 밝혀준다. 이와는 대조적으로, 아이스퀼로스의 극장은 폴리스 아테나이를 남자다운 남자들에 의해 자주적으로 통치되는 이상적 사회로 투영하고 있다. 이는 비이성적이며 무분별한 독재자가 통제하는 오리엔탈 사회의 몰락과 대비시킴으로써, 이성과 절제의 토대 위에 신적 질서를 존중하고 신성을 경외하며, 자유민주주의적 이상을 추구하는 폴리스 아테나이의 승리 혹은 헤게모니를 정당화하고 있다. 이런 정당화 과정에서 두드러진 점은, 신의 뜻을 전달하는 극적 방식에서 꿈, 계시, 혼령, 예언 등의 초자연적 장치가 자주 등장하는데, 이는 극장의 본래적 의미, 즉 '제의'의 공간을 신성화, 신비화하는 동시에 폴리스 아테나이의 정치적 이상을 범그리스적 신화로 확대 재생산하는 수월적 공간으로 극장이 작동함을 보여준다.

인용문헌

정해갑. 그리스 비극을 통해 본 신성모독과 불경함에 관한 연구: 『박카이』(Βακχαι)와 『오이디푸스 왕』(Οἰδιπους Τυραννος)의 경우. 『영미어문학』 114(2014): 173~191.

정해갑. 에우리피데스의 여성인물 연구: 『메데이아』(Μηδεια) 『헤카 베』(Ἑκαβη) 『박카이』(Βακχαι)에 나타난 이중성을 중심으로. *Shakespeare Review* 52.1(2016): 97~116.

Aeschylus. *Aeschylos Opera Omnia*. Charleston: Nebu P. 2011.

Cairns, Douglas. "Hybris, Dishonor, and Thinking Big". *Journal of Hellenic Studies* 116(1996): 1~32.

Cartledge, Paul. "'Deep Plays': Theatre as Process in Greek Civic Life." Ed. P. Easterlings. *The Cambridge Companion to Greek Tragedy*. Cambridge: Cambridge UP, 1997. 3~35.

Fergusson, John. *A Companion to Greek Tragedy*. Austin: UTP, 1972.

Hall, Edith. *Inventing the Barbarian: Greek Self-Definition through Tragedy*. Oxford: Oxford UP, 1989.

Hardwick, Lorna & Stephen Harrison. *Classics in the Modern World: A Democratic Turn*? Oxford: Oxford UP, 2013.

Herodotus. *The Histories*. Tr. Robin Waterfield. Oxford: Oxford UP, 2008.

Loomba, Ania. Gender, Race, *Renaissance Drama*. Oxford: Oxford UP, 1992.

MacDonald, Joyce. *Race, Ethnicity, and Power in the Renaissance*. London: Associated UP, 1997.

Miller, Christopher. *Blank Darkness: Africanist Discourse in French*. Chicago: UCP, 1985.

Plato, *The Complete Works of Plato*. London: Akasha, 2007.

Said, Edward. *Orientalism*. NY: Vintage, 1979.

Petrovic, Andrej & Ivana Petrovic. *Inner Purity and Pollution in Greek Religion:*

Volume I: Early Greek Religion. Oxford: Oxford UP, 2016.

Wohl, Victoria. *Intimate Commerce: Exchange, Gender, and Subjectivity in Greek Tragedy*. Austin: UTP, 1997.

역저자 **정해갑**

상명대학교 영문과 교수.
부산대, 연세대, 미국 루이지애나 주립대 등에서 영문학과 서양(그리스·로마) 고전문학을 전공했다. "Shakespeare와 그리스 로마 고전 비극에서의 신역사주의 문화유물론 비평"으로 미국 루이지애나 주립대에서 박사학위(Ph.D.)를 받았다. 주된 관심 분야는 고전 번역과 문화비평이며, 강의 중점 분야는 그리스 비극과 셰익스피어 그리고 비교역사와 비교문화이다.
주요 논문으로는 "A Strategy of the Production of Subversion in Shakespeare", "The Possibility of Self-Critique to Colonialist-Orientalist Attitudes in Greek-Roman Drama", "Ecocritical Reading of the Platonic Cosmology: Environmental Ethics and the Material Soul in between ἰδεα and ὑλη", "Foucault, Discourse, and the Technology of Power", "하우프트만의 〈쥐떼〉와 셰퍼드의 〈굶주리는 계층의 저주〉: 사회비평적 운명극", "비교문화로 읽는 셰익스피어와 에우리피데스" 등이 있다.

아가멤논

1판 1쇄 인쇄_2021년 05월 20일
1판 1쇄 발행_2021년 05월 30일

지은이_아이스퀼로스
역저자_정해갑
펴낸이_양정섭

펴낸곳_경진출판
등록_제2010-000004호
이메일_mykyungjin@daum.net
사업장주소_서울특별시 금천구 시흥대로 57길(시흥동) 영광빌딩 203호
전화_070-7550-7776 팩스_02-806-7282

값 15,000원
ISBN 978-89-5996-816-9 03800